非必要阅读

[波兰] 维斯瓦娃·辛波斯卡 著
黄灿然 译

Nonrequired Reading: Prose Pieces

Wisława
Szymborska

译林出版社

目录

作者寄语

我写《非必要阅读》的想法，来自你在很多文学刊物里见到的《新出版书目》栏。不难看出，书目中只有极小的百分比后来被摆到书评家的桌面上。纯文学和最近的政治评论总是获得优先对待。回忆录和重印的经典也有若干机会受青睐。不过，专著、选集和词典的概率低得多，科普和入门书则几乎肯定会湮没无闻。但在书店，情况却大不一样。大多数（如果不是全部）被热烈评论的书都在书架上积了几个月灰尘，然后被送去捣成纸浆，而其他很多不被欣赏、不被讨论、不被推荐的书，则全数当场售罄。我感到需要给它们一点注意。最初我以为我会写真正的书评，也即每次我都会描述手头的书的性质，把它置于一个较大的脉络，然后使读者知道它比某些书好，比另一些书差。但我很快就发现，我写不了书评，甚至也不想写；发现我基本上只是一个读者并且希望做一个读者，一个业余爱好者，一个拥戴者，不受无休止的评估的重压。有时候书本身是我的主题，有时候只是一块踏板，供我作各种不着边际的联想。任何人如果把这些小文章称为速写，那将是正确的。任何人如果坚持把它们称为“书评”，那会引起我的不快。

再说点心里话：我是个老派的人，觉得读书是人类迄今发明的最光荣的消遣。游戏人[1]跳舞、唱歌、产生有意义的动作、摆姿势、打扮、狂欢、举行精致的仪式。我不想贬低这些消遣的意义——没有它们，人类生命将会在难以想象的单调中度过，甚至有可能在散乱和失败中度过。但这些都是群体活动，上空多多少少飘浮着一股集体体操的气味。一书在手的游戏人是自由的。至少在他力所能及的范围内是自由的。他自己制定游戏规则，这些游戏规则只服从他自己的好奇心。他可以读聪明书，并从中得益，也可以读愚蠢书，并学到点什么。如果他愿意，他可以读一半就放下，拿起另一本书，从结尾逐渐读到开头。他可以在并不可笑的地方大笑，或突然在将使他终生难忘的文句面前停下。最后，他可以自由地——没有其他业余爱好能提供这个保证——偷听蒙田的争辩或匆匆涉猎中生代地层。

1 语出荷兰学者赫伊津哈的同名书《游戏人》，该书强调文化中的游戏因素。参考本书中《毁灭的艺术》一文结尾的解释（P.141）。——本书注释均为译注

心不在焉的教授们

有关伟人的逸闻读起来总是令人精神一振。可不是吗，读者想，虽然我没有发现氯仿，但我还不至于像李比希那样，成了全班最差的学生。我当然不是第一个发现砷凡纳明的人，但至少我不像埃尔利希那样没头没脑，给自己写信。在元素周期分类法上，门捷列夫无疑领先我几个光年，但是在梳理头方面，我要比他克制得多，也要整洁得多。还有，我哪会像巴斯德那样，忘记在自己的婚礼上露面？或像拉普拉斯那样，把糖缸锁起来，不让妻子随便拿。[1] 与这些科学家相比，我们确实感到自己略微理性些，教养好些，在日常生活方面甚至可能还高尚些。此外，从我们的有利位置看，我们知

1 据说拉普拉斯家糖和咖啡开支极大，所以他严格控制家里糖的用量。

道哪个科学家是对的，哪个是可耻地错的。例如，像佩滕科弗这样的人，在我们今天看来是多么无关宏旨啊！佩滕科弗是一位医生，他猛烈地攻击有关细菌具有致病力量的发现。当科赫发现霍乱弧菌的时候，佩滕科弗公开吞下一整个试管的这类令人厌恶的微生物，想证明以科赫为代表的细菌学家们是危险的夸大狂。这个逸闻因为佩滕科弗竟然安然无恙而获得一种特殊光泽。他保持身体健康，并且直到生命终结时，都还在不屑地炫耀他的胜利。他为什么未受感染，在医学上至今依然是一个谜。但在心理学上则不是什么秘密。时不时总会出现这样一些人，他们对明显的事实总有特别强大的抵抗力。啊，你我都不是佩滕科弗，这是多么惬意和荣幸呀！

《科学家轶事》，瓦茨瓦夫·戈勒博维奇著，华沙：大众科学出版社，1968 年。

被惊吓的重要

一位想象力颇为丰富的作家被要求为儿童写点什么。“太好了，”他大呼，“我正好有个主意，想写一个女巫。”出版社的女士们赶忙摆手：“什么都行，就是别写女巫；你千万别惊吓孩子们。”“那么，写商店里的玩具行吗，”作家问道，“那些眼睛圆鼓鼓、浑身红毛的泰迪熊？”我自己从另一个角度看这个问题。儿童都喜欢被童话故事惊吓。他们天生就需要体验强有力的情绪。安徒生吓坏儿童，但我敢肯定，没有任何儿童记恨他，哪怕在他们长大之后也不。他那些奇妙的故事充满无疑是超自然的生命，更别说那些会讲话的动物和健谈的木桶。在这个兄弟会中，并非每个人都是无害和好心肠的。最常出现的人物是死神，它是一个毫不留情者，出其不意地潜入幸福的中心，夺走最出色的人，最被喜爱的人。安徒生对儿童是非常认真的。他不仅跟他们讲人生的快乐冒险，而且讲人生的痛苦，人生的悲惨，人生经常不该有的失败。他那些充满稀奇古怪的生物的童话，要比今天成吨成吨的儿童故事更现实，后者苦苦追求真实性，躲避奇迹，视奇迹如瘟疫。安徒生有勇气，敢于写不快乐结局的故事。他相信你必须努力向善，不是因为善有善报（如同今天的道德故事不懈地宣传的，尽管真实生活中未必如此），而是因为恶源自智力和情感的发育不良，它是贫困的一种形式，我们必须避开它。还有，他的故事很有趣，实在是太有趣了！如果没有那些不同层次的幽默，从温厚的笑到公开的嘲弄，他就不会是一个伟大的作家。但我觉得，如果他只是善良的化身，他也就不会成为这么一个伟大的道德家。他不是。他有他的奇想，也有他的弱点，在日常生活中他是个讨厌鬼。据说，安徒生探访狄更斯时，狄更斯首先感激那一天，然后欢欢喜喜进入一个摆满欢迎花束的小房间。但第二天他感激的，是那一天把他的客人带回其哥本哈根的浓雾里去。似乎这两位有着如此多共同点的作家，原应相视莫逆，至死不渝才对。唉，事情就是这样。

《童话》第五版（想想吧！），汉斯·克里斯蒂安·安徒生著，波兰语译本，斯特凡妮娅·贝林、雅罗斯瓦夫·伊瓦什凯维奇译，华沙：国家出版社，1969年。

先天不足

多少动物表明它们几乎一出生就立即准备好过独立生活！这仅仅是多亏有一种神经系统，该系统像什么样子，我们根本无法想象；还多亏某些固有的能力，在我们被分配的领域里，这类能力我们必须通过多年的辛苦努力才能获得！大自然剥夺了我们上千种绝妙的特征。没错，以此作为交换，她赐予我们智力，但她显然忘记这智力将是我们在世界上勉强生存下去的主要手段。如果她谨记这点，她应该会把大量基本信息输入遗传领域。如果我们天生就在头脑里植入乘法表，如果我们呱呱坠地就能至少讲父母的语言，随时可以匆匆写下一首令人叹为观止的十四行诗或即兴发表一篇得体的定调演说，那还算公平。这样一来，每个婴儿就可以飞速起跑，进入思辨性思维的崇高领域。三岁的时候，他就可以写出比我好的随笔，七岁的时候，他将成为《本能或经验》的作者。我知道，在《文学生活》杂志的专栏里发牢骚，是于事无补的，但我实在有些愤愤不平。德吕舍尔生动地描述神经组织种种令人惊骇的成就，这些成就使动物可以没有眼睛而能看见，通过皮肤而能听见，没有丝毫微风就能闻到危险。而所有这一切都是本能活动的豪华仪式的一部分……每一种本能在我看来都值得忌妒，但其中一种本能最是羡煞人：它叫作抑制打击的本能。动物们常常在自己的物种的范围里打架，但是它们的战斗通常以不流血结束。在某个时刻，其中一个对手会打退堂鼓，于是就没有下文了。狗不吞噬狗，鸟不把鸟啄成碎片，羚羊不刺穿羚羊。不是因为它们天性温和，而仅仅是生物机制的运作限制它们打击的力量或双颌的收紧。这种本能，只有在被囚禁的时候才消失；而在人工饲养的品种中，这种本能常常不能发展。不过结果都是一样的。

《本能或经验》，维托斯·B. 德吕舍尔著，克里斯蒂娜·科瓦尔斯卡译自德语，华沙：大众科学出版社，1969 年。

数字说了算

我第一次遭遇统计学，是在我八九岁的时候，我们班举办一次校外考察，看一个有关酒精的展览。展览充满图表和数字，这些图表和数字我当然都忘了。但是我至今还能清晰地回忆起一个色彩鲜明的酒鬼肝脏石膏模型。我们全都围过来观看这个肝脏。不过，更吸引我们的是一个图表，图表上有一个小红灯，每两分钟亮一次。图例解释说，每两分钟就有一个人在世界上某个地方死于与酒精相关的原因。我们都被迷住了。一个拥有一只真实腕表的女孩，很认真地核实那个灯的准确性。但佐西娅·W有更好的反应。她做了一个画十字架的动作，然后开始念起“愿他们安息”。此后，统计数字再也没有在我身上引起如此直接的情绪。我有一位朋友能够在他所读的统计年鉴的每个统计数字里看到人生的恢宏全景：他看见、听见数字，他甚至体验到嗅觉反应。我羡慕他。不知道有多少次，我试图把那些数字转换成图像：一整个男人出现在我眼前，然后是一个加上若干十分之一的女人从他身边跃出。这对不寻常的夫妻接着生了（大约？！）两个孩子，孩子们立即开始猛喝烈性酒，到年底，他们已经喝掉四升半。接着，画面得到一个不仅在生存上是可怕的，而且在语言上也是可怕的现象的补充：祖母的病发和祖父的病亡。伊雷娜·兰道这本《统计学上的波兰人》，可能是为跟我一样充满了被误导的想象力的人而写的。在她这本小书里，她试图呈现一个正常家庭在各种真实生活中的情景。很不幸，这个姓科尔斯基的家庭令人觉得在统计学上很典型，而这种典型立即使他们变得抽象，因为任何个人都不会令人觉得是典型的。这本书很容易消化，但不是特别有营养。大数目理解起来是相当有难度的，在普通的自然谈话中极少能找到位置。在书末，作者本人幽默地劝告读者，与其看这本书，不如拿起一本统计年鉴来读，因为统计年鉴一拿起就很难放得下。

《统计学上的波兰人》，伊雷娜·兰道著，华沙：火花出版社，1969 年。

做白日梦去吧

我们做梦，但做得如此粗心，如此不精确！“我想做一只鸟。”这个或那个人会说。但是，如果某个乐于助人的命运把他变成一只火鸡，他就会感到被出卖。毕竟，他并没有想到要做火鸡。更糟糕的危险则与时间这个载体挂钩。“我想醒来时发现自己在十八世纪的华沙。”你可能会轻松愉快地想象这样会很管用。这当然意味着你哪里也不会去，只会现身于斯坦尼斯瓦夫·波尼亚托夫斯基国王陛下的沙龙，他会挽着你，慈祥地微笑着，带你去一家餐厅，出席他著名的星期四晚餐。与此同时，你实际上会笨拙地陷入近旁的水坑。你刚爬出来，一辆由八匹马拉的马车驶入那条窄街，使惊慌失措的你紧贴着墙，并再次使你浑身都是泥浆。而且周围是如此黑暗，你根本看不见自己的鼻子，你不知道该往哪里走，你跌跌撞撞穿过各座宫殿的后院，经过未铺砌的小巷、成堆成堆的垃圾和东倒西歪的陋屋。很快就有几个流氓从黑暗中闪现，一把抓住你的防风上衣。我不是在写小说，因此我不必想尽办法把你从这困境中解救出来。长话短说，现在你坐在一家小旅馆里，他们给你端来烤肉，但碟子是脏的。在你的要求下，老板从他的马裤里拉出他的衬衫下摆，擦起碟子，直到它闪闪发亮。当你表示愤慨，他说你大概是荒山野林里长大的吧，要不你怎么会不知道拉齐维尔亲王本人就是这样侍候他那些女友的。在旅馆里，由于无法说服他们给你提供洗漱的水，你一头扎在床垫上，臭虫们也一头扎在你身上。你终于在接近黎明时分入睡，但很快就被尖叫声惊醒，因为二楼有人放火。你来不及等待消防员，当时这个职业还没有出现。你便奋不顾身跳出窗外，幸亏院子里有成堆恶臭难闻的垃圾，你没有摔断脖子，仅仅摔断了腿。一个初入行的理发师在没有麻醉药的情况下矫正你的腿。如果你没有患上坏疽，而且骨骼长直了，那你算是福星高照了。你拖着微跛的脚，回到你自己的时代，并买下这本你早就应该买的书：《启蒙时期华沙的日常生活》。它能使你恢复那些时代的散文与诗歌之间的适当平衡。

《启蒙时期华沙的日常生活》，安娜·巴德卡、伊雷娜·图尔纳著，华沙：国家出版社，1969 年。

走马观歌

“很不幸，尽管我多次演唱《吟游歌手》，我无法更详细谈论它，因为我依然无法确定它到底说什么……”著名的维也纳男高音莱奥·斯莱扎克在回忆录中如此承认。啊，看到这里，我真是一块巨石从心头落下！这样说来，在戏院的观众中，并非只有我搞不懂谁在跟谁唱对台戏，搞不懂为什么那个由于某种原因扮作仆人的男人突然之间变成红润、丰满的姑娘，为什么这个不寻常地营养良好的姑娘会在听见另一个年纪比她大很多的姑娘称她是她的心肝宝贝、是她长期失散的最亲爱的小女儿时昏厥过去。如此看来，不只是我——就连舞台上的人也不知道究竟发生什么事情！原来，歌剧指南，例如我面前这本，是台上台下都需要人手一本的。我不需要替这本书做广告：初版早已像沙丘里的水一样消失了。我只想说，它覆盖两百年的歌剧，从蒙特威尔第到1960年代。书中有每位作曲家的简介，接着是对歌剧情节的详细概述，最后是对其音乐作扼要的讨论。我不能说我一次就通览所有两百部歌剧。但我倒是读完了所有人物及其声乐类型的清单。在歌剧世界里，弥漫着一种严格的个人政治。家庭关系被行为准则所规范，其不可违反就如同管治原始部落的行为准则。一名女高音必定是男低音的女儿、男中音的妻子、男高音的情人。一名男高音则不可生育一名中音或与一名女低音交配。一名男中音情人是罕见的，如果他勉强爱上一名女中音则最好不过。而女中音反过来得小心男高音——命运常常安排她们成为“另一个女人”，甚至扮演更令人难过的角色——女高音最好的朋友。歌剧史上唯一有胡须的女人（见于斯特拉文斯基的《浪子的历程》）是一个女中音，当然也就不知道何谓幸福。男低音除了做父亲，一般来说都是扮演红衣主教、邪灵、狱卒，以及在一个例子中，扮演了精神病院院长。上述评论没有得出什么结论。我欣赏歌剧，因为歌剧不是真人生；我欣赏人生，因为有时候人生是真歌剧。

《歌剧手册》，约瑟夫·坎斯基著，第二版，克拉科夫：波兰音乐出版社，1968年。

强迫性的快乐

“一只小鸟栖息在树上/对人类感到困惑，就连最有智慧的人/也不知道哪里去找快乐。”不过，像人那样不知道还是要比像鸟那样知道好些。鸟是疯癫的，却对自己的疯癫一无所知。本能驱使它们每逢秋天就飞走，重新安顿在某个别的地方，那地方可能在几万里之外，并且只不过貌似气候适宜，以及与它们的康乐有关。如果最重要的是较温和的气候中有较好的食物供应，不止一种鸟类大可以把其拖长的飞行早早结束。但是这些精神错乱的生物继续飞呀飞，越过群山，那里意想不到的风暴随时会使它们撞到悬崖；越过大海，而它们很可能溺毙在海里。大自然的目标甚至不是无情的选择：有些环境，会把无论强者弱者全部摧毁。一个邪恶的命运降临恰尔纳湖附近的野鹅。它们感到要飞起来的冲动，可它们仍在换羽，无法离开地面。于是它们开始用脚朝南方走去。这次大规模迁移正被各种猛禽焦急地等待着，也正被拿着一根棍子的哺乳动物也即人热切地等待着。大屠杀开始——而虽然同一件事情不断重复，一年又一年，一世纪又一世纪，此事在它们的记忆中却没有留下任何痕迹。大自然甚至以更加残忍的手段玩弄旅鼠，一种栖居在地洞里的温柔生物。时不时，这些地洞会过分拥挤，因此旅鼠们全体放弃它们长期的家。到附近开垦另一个聚居区？才不是呢——它们开始走，只是走，因为这就是它们的荷尔蒙命运。它们走啊走，直到它们抵达大海，溺毙在大海里。该物种还继续存在，全拜几只留在旧地洞家中的旅鼠所赐。人类历史也有类似的插曲。只是我们无须为所有这一切而欢欣，而我则怀疑动物们除了别的事情之外，还为强迫性的快乐所累。布隆德这本书是为青年人写的。它包含五个故事：旅鼠、野鹅、海豹、大象和野牛。心中想着青年读者，布隆德略微把一些事情虚构化，但做得恰到好处，没有故作天真。因此，成年人也可以读这本书，并从中得益，也感到恐怖。

《费解的旅鼠》，乔治·布隆德著，雅尼娜·卡尔奇马雷维奇-费多罗夫斯卡译自法语，华沙：我们的书店出版社，1969年。

骑士精神的代价

熙德确实是存在的，他的妻子确实是一个叫作希梅娜的年轻女子。熙德的勇敢同样没有疑问。然而，这个传奇故事夸大了他对西班牙摩尔人难以平息的憎恨。有时候他与摩尔人站在一边，对抗基督徒。绰号“熙德”来自阿拉伯语“席迪”（“老爷”），表明主人公熟悉伊斯兰世界。但是在这部民间史诗中，这一点被忘记了。这部史诗把他的一生置于一个固定航道上：与西班牙国王一起对抗摩尔人。最早关于熙德的歌，很可能是在他死后半个世纪也即十二世纪中叶开始流传的。我们今天看到的版本，可追溯至十三世纪。这不大可能是一位作者的作品；很可能有两位作家，被后来的一个抄写员合并成一个人。在这部史诗中，有两个不同的故事在展开，一个描写熙德的英勇战绩，另一个叙述家事。在第一部分，刀光剑影；在第二部分，你可以听到侍臣的低语和仕女们礼服的簌簌声。两个故事都弥漫着一种天真的冷静和简朴，但不知怎的我还是喜欢第一个。它的作者应是一个中世纪的巴尔扎克。在他眼中，从军主要是一种金融业务。打仗就需要黄金，为了获得黄金你必须去打仗。由于战争耗费巨大，因此战争也必须有利可图。你还必须指望将来的掠夺、进贡，以及——如果你能做到——在借钱时诈骗。一个骑士的头，在被打碎前，总是一心想着财政问题。作者一刻也未曾忘记战利品，他带着乐趣和愉快计算它们。此时离一种有意识地理想化的骑士精神还很遥远。该诗散发浓烈的真实性的气味，当我们读譬如《罗兰之歌》时，这种真实性已被一种绝对美德的气味轻微地净化。安娜·卢德维卡·切尔尼的译本是绝对出色的。它维持这部早期史诗完全的内部自由。它传达那种独特的，在我们今天看来有点儿任性的中世纪的不事雕琢。

《熙德之歌》，安娜·卢德维卡·切尔尼译自西班牙语，齐格蒙特·切尔尼跋，约瑟夫·维尔孔插图，克拉科夫：文学出版社，1970年。

灵光

试图用文字来描述弗美尔的画是徒劳的。用一个四重奏乐队，包括双小提琴、巴松管和竖琴来服侍这些画，要好得多。但是艺术史家必须凑合着用文字来表达，因为这就是他们的职业和专长。库诺·米特勒施塔特找到了一个相对容易的解决办法：他把弗美尔的艺术置于他的时代背景下，并把这位大师本人视为他的时代的代理人。不幸的是，艺术家从来不是其时代的完美代言人——而从这个角度看，弗美尔最终变成一片非常狭窄、私人的现实的吟唱者。这个事实是否减弱他的艺术的伟大性？当然没有：伟大性有时候源自某种不同的东西。米特勒施塔特清楚这点，所以他在这个荷兰人的艺术中寻求社会批评的诸元素和反抗兴盛的中产阶级的诸迹象。而如果这些东西在每一幅画中还不够明显，他就会努力去看画中没有什么。因此，在那幅著名的《艺术家在其工作室》中，他觉察到艺术家的“厨房”与穿着缪斯装束的模特儿之间存在着某种反讽的对比。模特儿“人为的”姿势是要作为一种“摘下面具的手法”，以对应一个已经着迷于寓言和理想化人生观的中产阶级的癖好。这似乎是一个合理的论据，只要我们不看那幅画。那个被认为起到摘下面具的作用的模特儿，是一个年轻女子，穿着一件迷人的蔚蓝色长袍，目光适度地低垂。她当然有摆姿势，但却是以一种完全非强迫、不装模作样的方式。如果这里有反讽，也不是来自构图上的对比。它弥漫整幅画，它显露于那支圆号的闪烁、窗帘的褶皱，以及从窗口照射到黑白大理石地板上的光。此外，我们发现这种反讽以同样的丰富贯穿于这位大师的全部画作中。米特勒施塔特对弗美尔其中一幅晚期作品（他死得早，逝世时仅四十三岁）的看法同样使我感到吃惊。我指的是《站在维金纳琴前的女士》。据这位批评家说，这幅作品表明那个时代的衰落和这位艺术家灵感的衰退：它冰冷、人工、算计。他写道，这位站在其乐器面前的女士在心理上“被隔绝”在她那“极度冻僵的姿态”中。我细察这幅画，每次都不同意。我看到一个奇迹，白天的光落在不同的材料上：人的皮肤、丝绸礼服、椅子的坐垫、粉刷的墙。弗美尔不断地重复这个奇迹，但总是以新鲜的变奏和令人目眩的新组合。冰冷和隔绝哪里跟这个扯上关系了？这个女人把她的手搁在维金纳琴上，仿佛她想为我们弹一段诙谐的乐曲，想提醒我们什么。她把头转向我们，那张并不特别漂亮的脸上挂着可爱的似笑非笑。这微笑是体贴的，有着母亲般的耐心。并且，三百年来她一直都在这样看着我们大家，包括批评家。

《代尔夫特的扬·弗美尔》，库诺·米特勒施塔特编著，安娜·M. 林克译自德语，配有十一幅彩色及五幅黑白插图，华沙：拱廊出版社，1970 年。

这样才对

占星术、炼金术、算命、黑巫术和白巫术、命理学、骨相学、神智学、手相术、神秘学、招魂术、传心术：作者把所有这一切装入同一个布袋里，然后高高抛起，狠狠摔打它们。每一个主题都得到大致相同的，既怜悯又鄙视的处理。我个人更倾向于分等级，因为并非所有一时的风尚都是平等创造的。魔鬼崇拜的社会后果不同于那些由对魔法石的热情研究所造成的社会后果，并且我们对棕仙的存在的怀疑，要比我们对传心术现象的现实性的怀疑更强烈。这本书表现最好的时候，是描写这类信仰的历史背景和文化背景，以及描绘著名的占星学家、预言家和各种教派创始人。作者挑选特别极端的例子，在这些例子中，盲信与欺骗联手。我们眼前展现一大群难以置信的古怪人物——有天赋的超现实主义者才想得出的古怪人物。但一分钟也不要让任何人以为变魔术是一种悠游人生，是一条谋生的捷径。这类术士通常都过着一种岌岌可危的游牧式生活：没有休息、长期承受压力、谨小慎微、提心吊胆、总是需要创造令人惊异的印象。不停地写信、写宣言、写耸人听闻的自白——而这是以常常不愿意合作的鬼神的名义来做的。变魔术需要秘密的新发明物和精致的产品。你的工具随时都有可能瘫痪，你的同伙可能出卖你，你的追随者可能集体背弃你，跑到竞争对手的阵营。炼金术士谢茨沃伊曾经与另一名炼金术士的老寡妇结婚，因为他怀疑（结果证明他错了）她有获得她已故配偶的秘密的途径。神智学家布拉瓦茨基夫人，一位体重超过两百磅的女士，不得不在裙子下匿藏一个音乐盒，播放超凡脱俗的音乐。另一位女士（这一回瘦如竹竿）玛丽·巴克·埃迪则表示，她可以在水上行走。我们只能想象她承受的巨大压力，也即既要让人们相信她所言句句属实又要不让他们要求她当场演示……犹太神秘哲学家马特斯觉得必须跟幽灵下棋，而这样长时间下去，肯定会日益疲乏，真正需要非凡的忍耐力。所有著名的灵媒都必须私底下做无穷尽的练习，以便在降神会上达到所需效果。你不能在袖子里藏着一把餐叉的时候立刻举起一张桌子。因此要刻苦、刻苦、更刻苦。

《鬼神、星象和魔法》，L.斯普拉格·德坎普、凯瑟琳·C.德坎普著，瓦茨瓦夫·尼埃波科尔齐基译自英语，耶日·普洛科皮尤克序，华沙：国家科学出版社，1970年。

残忍地

我为什么读这本书？我无意在家中建置一个陆栖小动物饲养箱。更别说水陆两栖动物饲养箱。我并不打算饲养两栖动物或爬行动物，不管这个主意多么吸引人。更别说饲养一只里海乌龟或伯罗奔尼撒乌龟，一只戴脚镣的蟾蜍，一只有条纹的蟾蜍，一只有利爪的青蛙或一只咕咕叫的青蛙。或一只变色龙，它可以两只眼睛各自独立转动，例如一只眼睛向上望，另一只眼睛斜视，这无疑使它获得巨大满足感。或一只黄腹鱼，尽管它实在值得考虑，既因为它那令人着迷的名字，也因为它那令人愉快的性情。我既未受到带肺的蝾螈引诱，也未受到一种叫作“无肺”的生物吸引，后者真的无肺甚至无腮却仍能过得去。我声明放弃跟一种叫作柔蜥的澳洲蜥蜴交往，不管摸清它从哪里开始和在哪里结束是极有裨益的，因为它的尾巴看上去跟它的头完全一样。我发誓放弃食卵蛇属的蛇，尽管它的喉咙包含精巧的多骨的生长物，用来粉碎被它整个吞食的蛋类的外壳。我既没有时间也没有空间饲养这些小动物，而我怀疑我缺乏适当饲养它们所需的那种胆量。我将被迫去采购新抓获的苍蝇、蚯蚓、蚱蜢、小鸟、略大的鸟、蜗牛、幼虫、蝴蝶、蟑螂和多足昆虫。我知道并喜欢很多这类生物。唯一能使我不惋惜地供应的，大概只有多足昆虫。至少我觉得我可以做到这点，因为我还不知道它们到底是什么。换句话说，我不是这本书的理想读者。我读这本书只是因为自童年起我就喜欢通过累积无用的知识来获得乐趣。毕竟，何为有用，何为无用，由谁说了算呢？就拿关于如何邮寄青蛙，以便它们天真活泼地抵达最后目的地的指示来说吧：谁知道也许这种邮寄方式有一天会派上用场，为个人或公众服务？亚当·塔博尔斯基怀着真挚的深情传授他关于爬行动物和两栖动物的广博知识。由莱赫·维尔切克拍摄的照片则维持这种高度的感情标准。现代世界的地图做得最差，因为它没有标示英格兰和爱尔兰。制图艺术家压根儿就忘了它们。也许他无意中戴上了两栖动物和爬行动物的眼镜，因为对它们来说，两座陷入大海里的小岛与中生代灾难相比，当然微不足道。

《陆栖小动物饲养箱》，亚当·塔博尔斯基著，莱赫·维尔切克摄影，华沙：国家农业和林业出版社，1970年。

时装的状况

裁缝艺术的学生们研究（很正确地）欧洲服饰史。这本四年级学生的教科书在一次展览中吸引了我的眼球。我浏览一下目录。时装史被堂而皇之分成五章：原始社群、奴隶制、封建主义、资本主义和社会主义。我决定读它，因为服装形态如何脱胎自政体形态，我并没有立即看出个所以然来。很不幸，作者们也未能做出这种联系，尽管他们用力地尝试。问题在于，你不能用城市大门的钥匙来开衣柜的锁。根本就不搭配。我读到："原始社群的社会是无阶级的，因此原则上大家都穿同样的服装。"这个"因此"在这里看上去够符合逻辑的——但来到第二章就已经变得很成问题了。因为，当作者们转向奴隶制的服装，以及转向古希腊的阶级结构时，学生们发现那里的人们也都是个个穿同样的衣服。主人的衣服可能是新的，奴隶只有旧衣服，但他们穿的全都是宽松外袍和短斗篷。在罗马，当然啦，享有充分权利的公民以托加袍来表示他们的高贵——但是到罗马帝国时期，托加袍只在特殊场合才穿。在街上分辨奴隶和自由民并不容易；一个奴隶可能会穿着金光闪闪的衣服趾高气扬地走着，而一个自由民可能摇摇晃晃披着任何旧衣服。吉本告诉我们，曾经有人向参议院提出一个动议，要求下令奴隶穿制服，以废止这类令人愤慨的奇观。参议院否决该动议——啊，不是因为他们爱民主，而是相反。穿制服的奴隶立即就会认出他们压倒性的人数……真是棘手的问题！其他因素对时装的影响，例如气候、历史事件、道德准则或科技，也不是那么直接。迄今为止，尚没有人能够揭示支配这些因素的规律——为什么某个因素首先取得支配地位，然后是另一个，且强度不同？这种无知必须着重地强调。暂时来说，在时装演化中最确定、最明显的原则是它对艺术中的风格和纺织制造的模式的依赖。这本教科书在展示这个方面时，是相当尽职的。不过，我担心，它主要的、危险的概念突显于涉及考试问题的提示中。一些讨人喜欢的主题，例如“巴洛克时代的服装”或“保留在地区服装中的古代时装元素”，被迫让位给一些更华而不实的话题，例如“女裙的民主和发展”或“解释资本主义时装与社会主义时装之间的差别……”有思想的学生肯定会遇到麻烦。

《服装的历史发展》，埃娃·席勒尔、齐格蒙特·格鲁什琴斯基、万达·皮耶哈尔著，第四版，华沙：全国职业教育出版社，1970 年。

盛开的爱

这本书的作者是一位杰出的园林栽培专家，曾吃过很多种树的果子，品尝过印度芒果、泰国榴莲、中国柿子、美国鳄梨、新西兰番茄、夏威夷面包果。我猜，如果他愿意，他能够以源自理论和实践的绝对权威，精确地认定我们不听话的始祖在乐园里吃的是什么水果——香蕉、榅桲果、杏子还是石榴？苹果显然是最不可能的……什切潘·皮耶尼翁热克这本书不是为专家而写的，而是为众多时不时喜欢偏离正途，在不熟悉的知识领域闲逛的读者而写的。皮耶尼翁热克渴望在他们身上嫁接（这个词太准确了！）一种对结果子的树和灌木的爱。然而，很不幸，这类业余爱好者都生活在一种迟疑不决的恒定状态中。他们拿起的每一本关于自然科学的书，都发挥了诱惑他们的作用，使他们满怀激情全心投入。但是这些爱，每一种都要求绝对忠诚，无法与其他爱兼容。如果我完全彻底地爱上了结果子的树和灌木，那么我必定会立即对两万种威胁它们的生物怀有敌意。我对驼鹿的长期热情就此打住，因为它们吃掉了果林里的嫩芽和幼枝。我对同样贪吃的野兔的喜爱也就此打住。基于同样的理由，我从现在开始必须证明我一见到松鼠和鹿就感到极度反感。从今以后我也真心讨厌鼹鼠、老鼠、蝙蝠！去吧，椋鸟、麻雀、乌鸦、寒鸦和秃鼻乌鸦！对昆虫要稍微容易些，因为昆虫实在太多了；我不可能有系统地对数目如此繁多的东西深恶痛绝。但我必须承认，哪怕是在这里，我也有某些无法抛弃的偏见。例如，我对红蜘蛛抱有一种纯粹美学的因而不可饶恕的喜爱，这是一种微小的蛛形纲动物，实际上是紫色的。我总是把红蜘蛛视为大自然最机智的发明之一，并在漫不经心和优雅方面给予它最高评分。可一直以来它都在吸取李树和苹果树最好的汁液！但是——也许我不必发誓戒掉蜘蛛？我可以继续爱它？不顾一切爱它？哪怕它啃吃我的健康的苹果树——而苹果树之所以健康是因为整个红蜘蛛家族在关键时刻被喷了杀虫剂——也依然爱它？仅仅因为我不能不这样？……仅仅因为我们人类对大自然的爱都被刚愎自用和口是心非扭曲了？

《苹果花开时》，什切潘·皮耶尼翁热克著，华沙：大众科学出版社，1971年。

脚和命运

在远东，梦见龙意味着好运。实际上，某个前艺妓在梦见一条青龙爬入一个桃色湖之后不久，便有一位富家少爷和她的十六岁女儿坠入爱河。不可能不是这样。即使没有化妆，年轻的春香也拥有一种足以“倾国倾城”的美。她还有一些精致的仪态和举止，例如擅长写诗，增添她的优雅。很不幸，她出身贫寒，因此只能成为富家少爷的妾。有一天，他抛下她，到遥远的首都去“青云直上”，或者用更俗气的说法，就是去做宫廷的官僚。可怜的春香的眼泪和哀求都被当作耳边风。“万条柳枝哪能拦住游荡的风？”……这姑娘独守空房，不敢寄望他还会回来，但决心要保持忠贞。当一个好色的老人试图强奸她时，她宁愿进监狱，戴着足枷，遭受毒打。带铁的硬橡枷导致她幼嫩的双脚碎裂。但青龙进入桃色湖并没有白费。平步青云的少爷回来了，跟那个邪恶的老头算账，救出被囚禁的爱人，终于正式娶她为妻。这个童话故事的文字版，可追溯至十八世纪末或十九世纪初，被恰当地视为韩国古典文学的精品。有些读者赞叹其生动、高雅的风格。另一些读者欣赏它充满活力的爱情场面。还有一些读者被它强烈的情感所打动。有些人欣赏它的社会批评元素、它对妇女不幸命运的同情。还有些人尤其称赞它不落入幻想的俗套。这类赞扬，是基于一个信念，也即现实主义是文学创作的最高荣耀，而幻想则是一种较不值得尊敬的体裁，一种不成熟的东西，是一只幼虫，而不是很快就要从幼虫中破茧而出的蝴蝶……阅读童话故事对这些人来说一定是一种折磨。每一个奇迹一定被他们视为一种美学罪恶，每一件不大可能的事情一定被他们视为纯粹的幼稚。我为他们感到难过，因为就连春香的故事也一定会时时导致他们面部痉挛。就拿那个极其进取的大团圆结局来说吧，在这个大团圆结局中，对春香被损毁的双脚只字不提。她的碎骨不留痕迹地治愈了吗？放心吧：又完美地长回来了。春香将不会被迫去瘸着腿走在英俊的丈夫身边，在婚床上诚惶诚恐地用一条绣有鸳鸯的毛毯掩盖她畸形的双脚。因为童话绝不会完全屈从于生活的真实性。恰恰相反，它们会抓住一切机会抢它的风头，用它们自己远远更为优越的解决办法来指导它。

《贞中之贞——春香传奇》，哈利娜·奥加雷克-乔伊译自韩文并作注作序，弗罗茨瓦夫：奥索林斯基国家研究所，1970年。

幽默弟弟

幽默是严肃的弟弟。两者之间存在着持续不断的兄弟对抗情绪。认真的兄长摆出一副高人一等的派头对待小幽默，幽默因此感到自卑，内心深处渴望自己变得跟严肃一样镇定，但幸好他做不到。幽默家们的生平（我所依据的是这本选集的注释，但它们反而证实了这条规则）披露了这些作者对严肃性无情、绝望的追求。几乎所有滑稽作家都写过若干“湮没无闻”的腐朽的长篇小说或剧本，而在他们有生之年被他们嗤之以鼻的滑稽著作却“在文学中占一席位”。我一生中从未遇见过一部相反的传记：“他创作了无数失败的速写和难以计算的闹剧，但他对中世纪农民家庭的生动描写最终为他赢得不朽……”奇怪！同样的情况也发生在演员身上。每个喜剧演员私底下都梦想演出一部悲剧。但我从未听说过某个悲剧演员在某家咖啡馆哀号："那个蠢货（这是演员用来称呼导演的俚语）又让我演哈姆雷特！他那迟钝的头脑无法想象我生来就是要演活安德鲁·艾古契克爵士的。"这真是咄咄怪事！我想，严肃和幽默都是重要的，这就是为什么我热切地等待有一天严肃受到应得的惩罚并开始羡慕起幽默。例如，幽默品类繁多，而严肃则从未被品类管理起来，尽管它显然应该这样。亲爱的批评家们，既然你们使用了"荒诞幽默"这个术语，那么你们也应该引进它的对等词"荒诞严肃"才对。要学会区分勉强的和原始的严肃、轻松愉悦的和穷凶极恶的严肃。这个令人兴奋的明智的概念，将使批评家和新闻记者都精神为之一振。无论在生活中还是在艺术中，难道我们不需要纷杂混乱的严肃吗？淫秽猥亵的严肃？妙趣横生的严肃？精神饱满的严肃？我将会快快乐乐地阅读有关某某思想家的"可怕的严肃感"，某某诗人的"珍珠似的严肃"，某某前卫派的"无礼的严肃"。这位或那位书评家最终会决定评判"某某剧作家虚弱的剧作因其结局充满活力的严肃而得救"或"在某某的诗歌中我们听到了无意为之的严肃的音调"。还有，为什么幽默杂志不开一些严肃专栏？还有呢，为什么我们有如此多的幽默杂志却没有几本严肃杂志？嗯？

《法国幽默简介》，阿诺尔德·莫斯托维奇著，耶日·贾沃罗夫斯基平面设计，华沙：火花出版社，1971年。

伟大的爱情

1876年春天，在他们结婚之后不久，四十六岁的陀思妥耶夫斯基和二十岁的新娘一块离开俄国去德国。不能真的把这次旅行称为他们蜜月的开始。这位作家实际上是要逃避他的债主，并计划在德国的赌场发大财。这也正是安娜开始写日记的时候。我不知道是谁首先把这些笔记称为《我可怜的费佳》。书名令人觉得这位年轻妻子对其患病、躁狂和非凡的配偶基本上怀着一种怜悯。实际上，安娜钦佩和赞同她异乎寻常的丈夫；她谦卑而盲目地爱他。"我了不起的费佳"，"我奇妙的费佳"，"我最聪明的费佳"——我们应该用这些句子做书名才对。客观地说，她与她的费佳的生活，是一座充满恐惧、焦虑和屈辱的地狱。不过，主观地说，这令她幸福。一个微笑或一句好话已足以抹干她的泪水，而她会高高兴兴地脱下结婚戒指、耳环和披巾，让费佳拿去典当，再把典当来的钱拿去赌博，然后再次输个精光。任何可能令他高兴或使他在烦恼中有一刻快乐的事情，也都会使她感到安慰和喜悦。她透过他的眼睛看世界，接纳他的观点，反映他的复杂，认同他对所有非俄国事物的令人厌烦的鄙视。当他癫痫症发作（而在那些年间，他经常发作），她怀着一颗消沉的心护理他。她忍受他一而再的、突如其来的坏脾气，他在餐馆、商店和赌场挑起的一次次事端。在此期间，安娜怀孕了，这是一次极其困难的怀孕，原因也许是她长期紧绷的神经。然而，就像我刚才说的，她是幸福的，她要幸福，她总算得到幸福，甚至不能设想有更大的幸福……我们面对的是伟大的爱情这种现象。在这类情况下，超然的观察家总要问：那么她（他）在他（她）身上看到什么？这类问题最好不要去碰：伟大的爱情永远是说不明白的。它就像一棵小树，以无法解释的方式挺立在悬崖边上：它的根在哪里，它靠什么滋养，是什么奇迹制造那些绿叶？但是，它存在，真的是绿色——那就是说，显然它得到它生存所需的东西。理夏德·普日贝尔斯基在导言中半开玩笑地说

（但他是认真的），安娜·陀思妥耶夫斯基的日记应成为妻子们的入门书：如何对待一位困难但善意的配偶。很不幸，她的经验对任何人都没有用。安娜并不是在按一个计划行事。可爱的宽宏完全是她的第二天性。

《我可怜的费佳》，安娜·陀思妥耶夫斯基著，理夏德·普日贝尔斯基译自俄语并作序及评论，华沙：国家出版社，1971年。

啃骨头

赫伯特·文特的新书，是对古生物学史的一次令人愉快、有时候相当混乱的叙述。我无法抗拒一个诱惑，也即重新讲述这部历史中的一个插曲。它既不是最戏剧性的，也不是最重要的，但我还是手痒。原来，在十九世纪下半叶，美国西北部成了名副其实的化石金矿。那片要被挖掘的土地非常辽阔，而被挖出来的东西远远超过所有可想象的预期。一种真正的狂热普遍地俘虏了古生物学家们，但有两位比其他人都受到更严重的影响：科普和马什。两人都生于富裕家庭，他们把所继承下来的全部遗产都用来做勘探性的探险。有一天在堪萨斯州，他们首次偶然相遇，并立即感到一种难以缓解的互相仇恨。如果一个在某地点挖掘，另一个就会立即也在那里挖掘，并且同时宣称拥有独家挖掘权。如果他们未能亲自挖掘到的，他们也会向中间人购买，而中间人则在他们两人之间来回弹跳，提高每一块胫骨的价格。最初，两人的古生物学敌对情绪在科学杂志上找到了发泄渠道，但很快就蔓延至日报。两位绅士公开指责对方从事古生物学间谍活动和古生物学盗窃活动，更别说源自古生物学小流氓习气的古生物学抄袭行为，这古生物学小流氓习气又带有某种古生物学无知和相当剂量的古生物学错乱。那是我的颌骨，马什怒吼。那是我的尾巴，科普怒视。把我的骨头归还我，我就不会揭露你的劣迹，马什嚷道。啊哈！科普冷笑。他们一定不止一次想抓住第一根拿到手的肋骨来打击敌人——但是很不幸，那些肋骨都大如桥梁的跨度。科学组织、法庭、社会机构和政治机构，以及最后连美国参议院都被拖入这场有关管辖权和挖掘大型爬行动物权的战争。讽刺作家们忙得乐不可支。科普死后，马什多活了短暂而荒芜的两年——因为，这样的生活有什么意思呀！于是，两位科学家真相大白的时刻终于来临。原来他们都留下庞大的遗产，不仅是资金，而且还有供未来学者研究的大量发现物。很难断定如果他们更协调地工作，他们是否会取得更巨大的成就。如果要做这方面的实验，你得把他们复活，把他们置于相同的环境，但这一回不是充满敌意而是充满友情。我老是幻想在数以千计的不同历史事例中有这类比较式的复活。想想此中的教育裨益！想想我们终于在面对所欲求的善和可允许的恶时那种胸有成竹的样子！但鉴于这是不可能的，因此我只能带着一颗沉重和无奈的心，接受我所知的这样的知识：爱德华·德林克·科普和奥思尼尔·查尔斯·马什互相仇恨并获得巨大利益。

《洪水到来之前》，赫伯特·文特著，安娜·耶日曼斯卡译自德语并作跋，华沙：大众科学出版社，1971 年。

正义的天平

欧洲十六世纪、十七世纪甚至十八世纪的猎杀女巫狂潮，显然造成了一百万人死亡。即使这个数字稍微夸张，也绝不会减少这个现象的卑劣性。毕竟，这种恐怖的效果绝非仅限于那些受害者，而且还包括无可比拟的更大数目的幸存下来的人类，他们遭野蛮对待，肉体受蹂躏、精神被损害。对巫术的信仰随着每一次死刑而递增。不过，总有一小部分人随时准备抗议；一再有人做出努力，至少想缓解这场瘟疫。我们对这个时期的种种恐怖耳熟能详。不过，我们对与这些恐怖作斗争的战役所知甚少，并且确实有一场战役：这次精神病并不是简单地自行消失。我们不应该只记得那本令人愤慨的《女巫之锤》。尚有另一些书，敦促人们行使常识和慈悲：扬·维耶鲁斯的《关于女巫的论文》、弗里德里克·斯佩的《良心之书》和巴尔塔扎尔·贝克尔的《蛊惑世界》。我们应该记住那些至少有时候受赐福的城市和省份，它们都有明智的领导人：威尼斯共和国、巴黎。另一些城镇长期抵抗这场疯狂：奥格斯堡、不来梅、乌尔姆。布鲁日通过一个法律，任何人若指控另一个人施巫术，本人也必须坐牢和被拘留，直至指控得到证实。告密者立即就哑口无声。英国有一项禁令，不准在审讯期间施酷刑，从而显著地减少了告发的数目。但对我来说，荷兰城市奥德瓦特就如同一颗明星照耀荒凉的黑夜。该城市有一个公共天平，用于称芝士和面粉，有时也用来称人。流行的迷信认为，女巫的体重要比她们的身高和体型所表明的轻，因此称女巫的体重是很多地区的普遍做法，并且，唉，总是给被告带来致命后果。奥德瓦特的天平被认为是绝对精确的，是最后一根救命稻草。数以百计来自邻近国家和地区的受折磨、被迫害、逃亡的可怜人，纷纷投奔它。称重时，举行适当仪式，有高级市政官员和当地居民列席。接着，市长和市议员在全体会议上听取高级市政官员的证词，拟好一份证书，签了名，盖了章，然后发放给被称过的人。从来没有一次裁决是负面的！嫌疑女巫可以自由回到她们的家乡，没有恐惧，带着书面证书，证明她们的体重正是她们应有的。奥德瓦特的天平依然屹立着，像一座纪念碑。愿命运世世代代保存它——以及保存对那些人的记忆，他们表演救命喜剧，甚至不用眨一眨眼暗示结果早已预先知道。奥德瓦特的人民善良又聪明。善良若没有机智也是徒劳。

《女巫：巫术审判史》，库尔德·巴施维茨著，塔德乌什·托布卢多夫斯基译自德语，博赫丹·巴拉诺夫斯基跋，华沙：国家科学出版社，1971 年。

家居改善

我不喜欢“手巧人”这个词，但我当然很欣赏这个词所描述的人。他们那种能够做各种手工杂活的返祖式的才能，使我想起人人都仍然能做一切事情的原始社会。事实证明，劳动分工前的时期的这些活遗产，完全适用于人类服务的危机时期。除了他们那不屈不挠地与物质作战的动力之外，这些人还保留另一项在今天仍具有巨大价值的原始人特质：他们寻觅的本能。你在人行道上瞥见的每一枚螺丝、每一小块锡片，都值得停下脚步来捡，因为即使暂时用不着，十年八年后肯定也用得着。别人可能要等到有急切需要时才去光顾旧货店，他们却会灵机一动便进去看看，在凿子堆里翻找一个小时，发出快乐的咕噜声。你必须是一个天生的手巧人，你不可能在中年时突然一夜之间变成手巧人。如同跳芭蕾舞，你必须很早就开始练习，否则你不会成为一个大师。手巧人有一个绚丽夺目的童年；他学会如何在腐蚀性液体、碎玻璃、短路和爆炸试验中，在死亡边缘上保持平衡。他的父母被叫去学校谈话的频率高于正常水平，在学校他们发现自己的儿子在老师的椅子下放了一个装置，从下面发出敲击声。手巧人的成熟，主要得益于他那些被变成了抽屉的口袋里的东西。当手巧人搬到一个新公寓，而公寓里有凸起的地板和大量类似的问题时，他背后便有多年的经验为他提供解决办法。你甚至可以说，他是合适地点的合适人选。我在这里为他而唱的赞歌，与《重新修理和重新装饰你的寓所》一书有松散的联系。拥有上帝赋予的才能的手巧人，用不着买这样一本书，因为他不需要它。这个天才早已经在某个地方看见过譬如说如何固定住两个平衡手柄，而看见——哪怕在一瞬间——对他来说比花几夜时间研究如何固定手柄的理论更加意义重大。因此，这本书是写给那些轻信的傻瓜看的，他们的心注满了它提供的虚假希望，以为如果按它的指示来做，第一个打入墙里的挂钩将是一个打得完美无缺的挂钩。这种涉足家居改善的尝试，将不可避免地以打电话向修理工求救告终，而修理工将消沉地拖了两星期才抵达。而在这里，我看到读这本书的唯一真正的理由。你可以用诗人尤利安·杜维姆曾经对他的修锁匠装出的那种似模似样的熟练架势，与这个修理工聊聊天。毕竟，没有谈话，人生有什么意思呢？

《重新修理和重新装饰你的寓所》，汉娜和沃伊切赫·梅什科夫斯基著，华沙：营火出版社，1971 年。

无处藏身

留在家里是极其危险的，每迈出一步都有死亡或致残的事故在等待我们。我应该补充说，我们获得的每一种文明的新方便，都是另一场有待发生的灾难。人们住在洞穴里是最安全的，即是说，如果主人外出狩猎的时候某只尖牙老虎不来侵犯的话。这本由 A. 齐亚克和 B. 卡明斯基（为了节省字母，出版社没有给出他们的全名）合著的手册，为我们做好了应付各种紧急事件的准备，并教我们如何实行我们自己的急救措施。作者们的指导热情远远偏离他们书名上的主题。除了家中各种小事故之外，还覆盖院子、森林和河流中的意外事件。最后，他们以一个讨论“万一发生群体受伤（自然灾害、原子弹）时应采取的步骤”的专章来结束这本有用的小册子。读者的惊愕自不待言，因为这本书里没有任何地方哪怕是暗示会有这样的结尾，事实上护封上描绘了一座屹立在包绷带的腿上的彩色房子。有一次我在朗诵会上被问到为什么我会去写关于科普书和指南书的书评，而不是严肃文学书评。我回答说，这些书读后永远不会快乐或悲伤，这是我最喜欢它们的原因。现在我知道我必须重新考虑这个立场。我们根本无法肯定下一本出版的书不会是一本关于照顾和喂养婴儿却以世界末日作结的手册。

《家中事故》，A. 齐亚克、B. 卡明斯基著，华沙：国家医药出版社，1970 年。

名人志

阿莉恰·哈利茨卡原籍克拉科夫，早年逃离舒适的家庭，先在慕尼黑，稍后也即1912年在巴黎学习绘画，并与著名立体派画家路易·马尔库西结婚，从此长期加入巴黎前卫艺术界名人圈。虽然她是一位画家，但她对自己的作品或丈夫的作品都没有太多话要说；对于其他艺术家，她也没有什么特别新鲜的东西可说。二十世纪一二十年代的巴黎——艺术各领域皆取得重大、戏剧性突破的时期——在她的回忆中变成一系列有关名人的逸闻。浮光掠影的波希米亚生活，雨点般洒落在塞纳河两岸的刻意臧否他人的字句，一支由大小名人组成的好看的检阅队伍：都是有头无尾。最后，你只想听有关某个不出名的人的故事，某个如果不是这本书就没人知道的人。毕竟，关于毕加索、阿波利奈尔们的回忆录，总会源源不断地出版……而哈利茨卡，众所周知，认识“每个人”。但认识“每个人”有点太多了，那其实意味着你不认识任何人。你根本就没有时间或精力。我们都知道，认识的人越多，朋友越少。她以精心挑选的陈词滥调捕捉每一个新猎物，然后继续往前走，去另一次开幕式、一场新首演、一个新沙龙……但是有一天疾病纠缠上作者，她有几个月被迫足不出户。那个欣欣向荣、吵吵嚷嚷、忙忙碌碌的“每个人”的世界，突然消失了，仿佛被地球本身吞没了似的，留下她独自与照顾她的老女仆迪布瓦太太厮守。你知道吗，这位迪布瓦太太是这本书中最好的故事的主角，尽管她既不是艺术家也不是贵族，只是一位谦卑的前盥洗室侍者。有一个时期，她曾跟她的情人——一位赌台管理员——去了不少地方旅行，并在从开罗到布宜诺斯艾利斯的各种赌窟从事她那份费力的工作。当她被问及对这些遥远旅行的印象时，她简短地答道：“夫人，我总是在地下室工作，所以我看得少……”我的天。

《昨日》，阿利西娅·哈利茨卡著，万达·布翁斯基译自德语，克拉科夫：文学出版社，1971年。

温室

“皇帝真是胸有成竹……”但愿上帝保佑我们免去这类待遇。“黎明时分他的咖啡已被端到床上。”换句话说，值日班的仆人进入他的卧室，替代值夜班的仆人。皇帝一秒也不能无人看守、无人服侍和无人保护。拿破仑宫廷礼仪的严厉程度不及譬如说哈布斯堡王朝的一半。然而，皇帝自己洗脸、自己梳头和自己扣裤子纽扣，则是闻所未闻的。他甚至不是自己起床，而是被起床。他直接从侍从的怀抱里落入秘书和随从参谋等待中的怀抱里。当他前往那个就连君主们也得步行去的地点时，他便绕过该次盛况的各种目击者，他们都全神贯注站立着或俯首弯腰。当他重返办公室去安静做点事情的时候，他能够听见他那位忠诚的仆从康斯坦在门口的沉重呼吸。他一定有非凡的集中精神的才能，因为康斯坦没有打扰到他。他那些俗气的风流韵事是由第三方谨慎地安排的。他从来不能真正地独处，退出别人的视线，停止成为全世界注目的中心哪怕几天。总有人把耳朵贴近他的门，而这甚至不值得他大喊一声“去死吧”，因为那个人仅仅会后退两三步。这样的生活在我看来是骇人的。如果有人以为不顾一切成为拿破仑会很好玩，那他就是有暴露癖倾向。拿破仑和约瑟芬的离婚，连同导致这场离婚的一切事情，不用说都发生在整个宫廷的众目睽睽之下。约瑟芬当众昏倒，她那野心勃勃的配偶则因难堪和烦躁而在大庭广众面前脸色变得苍白。当然，没有摄影师在场，但是有这些回忆录的未来作者康斯坦已经足够。拿破仑并不是我最喜欢的历史人物之一，但即使如此，在读了这些回忆录之后，我对他还是有某种近似怜悯的感觉，某种对笼中老虎的怜悯。但这也许不是最好的比喻。老虎在笼中的踱步并不是自愿的，而拿破仑则不止乐意于钻入他的小牢房。当他被判处流放圣赫勒拿岛的时候，肯定受到他那受了致命伤的骄傲的折磨，但我猜他很可能没有太大麻烦就开始习惯这种强加在他身上的生活方式。他在新环境中依然是关注的中心，他仍然感到自己被警惕的目光看守着……被他的仆人？警卫？但真的有什么差别吗？

《拿破仑一世皇帝仆人回忆录》，路易·卫里·康斯坦著，塔德乌斯·埃韦特译自法语，耶日·斯科夫罗内克作序及作注，华沙：读者出版社，1972年。

爱不释页

为什么不就那种你一页页把它撕下来的日历说两句话？毕竟，它是一本书，而且是一本颇厚的书，因为它不能少于三百六十五页。它以三百三十万册的印量出现在报刊亭，因此也是终极的畅销书。它要求其出版商绝不妥协地准时出版，因为它不可能在时间表上被推迟一两年。它要求其校对具有专业的完美性，因为一丁点儿差错都有可能导致心灵失秩。一想到一周有两个星期三，或圣乔治篡夺圣约瑟的节日，你就会发抖。一本日历不是一部附上勘误表的学术著作。它也不是一部编者的失误被当成作者的灵感冲动的诗集。可见，我们是在与一种编辑珍品打交道。但还没完呢。日历是注定要随着它一页页被撕掉而逐步清空的。数以百万计的书籍将活得比我们长久，尚有相当大的数量将是愚蠢、过时和写得糟糕透顶的。日历是唯一不打算活得比我们长久的书，不会在图书馆书架上挂个闲职；它是有计划地短命的。它的谦逊使它甚至不敢梦想自己被逐页钻研，但它的页面还是溢满文本，以方便万一真有人读。那里什么都有一点点：出现在某个日子的历史事件周年纪念、押韵短诗、格言、妙语（不管怎样，是在日历上被认为是妙语的东西）、统计资料、谜语、吸烟警告、消灭户内害虫的提示。材料的令人惊骇的混杂性引起的不谐和音是可怕的：历史性的崇高事件和人物与日常琐事亲热，哲学家的训诫与押韵的天气预报竞争，英雄的生平屈尊地与克莱门廷大妈的家务建议为伍……当然，有些人会被吓坏。但我们这些住在克拉科夫的人（也就是说住在帝王陵墓隔壁的人）却会被日历的模棱两可打动。我甚至看到日历与世界的伟大故事之间有某种神秘的相似之处，尽管日历与史诗同族，是一个私生婴儿……而当我碰到某个日子之下（一个好日子，老天保佑！）竟然有我一首诗的选段时，我以一种悲痛的无可奈何接受事实。另一边是一款维也纳芝士蛋糕的制作法：一磅芝士、一汤匙马铃薯粉、一杯糖、六汤匙黄油、四个鸡蛋、香草精、葡萄干。我以这些葡萄干作为结尾，祝愿我高贵的读者们新年快乐。

《一九七三年挂历》，华沙：书籍与知识出版社，1972 年。

长途徒步者

徒步旅行者是一个以自己的双脚走路离开A点抵达B点的人，即使在A点与B点之间有其他形式的交通工具可供利用。徒步旅行者抵达B点，要比他乘坐火车或巴士迟很多，到旅程终点的时候也会更累、更脏、更饿、更沾沾自喜。在社会的眼中，这种旅行者是好笑的或严肃的，古怪的或正常的，视乎他是单独旅行或与人成群结队旅行而定。只要他黏附团体，一切都会很好。集体成员身份会使他每一步都正当化，头上多了一层光环，表明有更高的必要性。他们走路是因为他们必须走路，我们则觉得我们是在偷看一队精力充沛的童子军或背背包的学生。他们走路是因为走路对他们有好处，因为他们年轻，因为他们在度假。另一方面，孤独的旅行者则会引起怀疑和惊讶。在你可以乘汽车或巴士的时候徒步跋涉，仅仅为了避免繁忙的公路和避免搭便车的诱惑而踏上漫漫长路：这明明是神经病嘛！这就是为什么一个已不再年轻的人，如果他希望利用假期作一次独个儿、两人组、最多三人组的漫游，他就得不断为自己辩护，反驳家人和朋友的批评。说自己只是喜欢徒步而已，这种说法会引起深刻的怀疑。最近有人跟我说，一个无可救药的孤独徒步者赢得一辆汽车。就连这个也治愈不了他。在他的假期的第一天，他把汽车锁在车库里，从克拉科夫启程，徒步去科沃布热格，全程约三百英里。就连他最亲密的朋友当时也觉得他有精神病。显然，如今要使人震惊是很容易的。萨尔瓦多·达利必须疯狂似的工作才能取得其行为古怪的声誉，他的种种噱头需要代价高昂的制作和推广。那位来自克拉科夫的先生的震惊方式更便宜也更有效。我寄以最美好的祝愿，祝愿他一路畅顺。现在应该就摊开在我面前的这本书说几句话了。书名和护封都描绘一个孤单的旅行者。然而，内文表明作者讲的是集体旅行，是各种游牧式的露营、集会、庆祝会、狂欢会。（“庆祝会是一种大型狂欢会，一般来说是为一次集会的一部分参加者而举行的。”）该版本也同样表明其意图是大型的，因为印数多达两万册。孤独旅行者要少很多，他们的人数正在缩减。我猜，要等到下一代，徒步才会成为真正的先锋派。

《徒步旅行手册》，斯特凡·索斯诺夫斯基著，华沙：体育和旅游出版社，1972年。

回归自然

地球上仍然有文明人只有从飞机窗口的高处才可以见到的原始森林，有未被工厂废料污染的水体，有未被化学烟雾毒害过的空气。简言之，我们仍然可以找到电吉他伴奏的流行歌曲每两首就有一首表示向往的那些原始乐园。这些乐园里的人，按大自然母亲的意志生活，即是说，处于与鳄鱼、蛇、蝎子和蝗虫平等的地位，更别说与各种原生动物、病毒和细菌为伍。在发达的文明中，很多人致力于保护自然环境。这诚然是应该的。但这个术语本身是不诚实的。我们想保护的是一个被小心翼翼地清除了各种不受欢迎的元素的环境——以最精心计划的方式被非自然化的自然！在真正自然的环境中，人类生命是悲惨而短暂的。人口过多、饥荒、疾病和无知：这些是同一种悲惨自然环境的不同面貌。在他的新闻写作中，卢茨扬·沃拉诺夫斯基从疾病的角度探讨这个问题。这本书是由世界卫生组织委约的，该组织要求他报道东南亚的健康问题和医疗实践。沃拉诺夫斯基一定是波兰历史上被打了最多预防针的记者，因为他总是到遥远的土地上旅行。但接种疫苗并不能防止所有疾病。并且，没有任何可以保证精神抵抗力的疫苗。沃拉诺夫斯基访问医院、传染病隔离区、流行病猖獗肆虐的人口密集地区，被各种恐怖景象包围。我想，你得拥有非凡的道德勇气才能忍受这一切，以及抑制由恶心和恐怖引起的颤抖。我向任何曾望了望护封并想过“他确实见过世面……”的人推荐这本书。我还要向大家，不管是什么人，推荐这本直接记叙人类以一百种不同方式受苦受难的书，这些苦难已被我们欧洲人忘得一干二净……因为自行其是的大自然，是魔鬼似的善于创新发明的。

《热浪与热病》，卢茨扬·沃拉诺夫斯基著，华沙：火花出版社，1973年。

合法捕猎

欧洲已不再拥有不受我们善意或恶意的影响而存在的大型野生动物。只有小鱼苗才能躲过我们的监控，也许能在某些地点过上真正自由的生活。大型物种也许会觉得它们按自己喜欢的方式生活，但实际上它们是遥控培养的对象。如果我们带着决心和精力着手去做，我们可以在两三年内消灭所有大型物种，甚或在我们的官僚们的积极协助下在五年内消灭它们。当然，没人想这样。在阅读斯坦尼斯瓦夫·杰盖莱夫斯基这本巨细无遗地讲述过去、现在和将来有关鹿的一切事情的书时，我得出结论：只要还有猎人，这种美丽动物也会继续在欧洲幸存下去。猎人不允许这种动物灭绝，因为任何喜欢打猎的人都得有东西可猎。因此，猎人以双重身份翻阅这本书：他既是摧毁者又是保护者，既是灭绝天使又是守护天使。他右手拿着猎枪，左手送飞吻。这本书里使用得最频密的术语，除了“鹿”和“鹿角”外，很可能就是“预防性射杀”。预防性射杀改进鹿这一物种，因为它清除明显较差的品种。预防性射杀注意雄性与雌性的合适比率。预防性射杀调节打猎的分配，使鹿可以兴旺繁殖而又不会过度破坏森林和田野。预防性射杀甚至可以改进鹿的美，阻止那些其鹿角这样生长而不是那样生长的品种的繁殖。简言之，预防性射杀以各种方式起到了对鹿有利的作用。遗憾的是，它们对此一无所知。

《鹿》，斯坦尼斯瓦夫·杰盖莱夫斯基著，第二版，华沙：国家农业和林业出版社，1973 年。

改变位置

我们随着地球绕着它的轴心转还不够。我们每年勤勉地绕太阳转还不够。甚至我们以惊人的速度随着太阳及所属的整个银河系快速地朝着天知道是什么地方去也还不够。仿佛这种离奇的移动性还不够似的，我们脚下的大地也在不断变迁。看吧，三百万年后——即是说，很快——我们心爱的欧洲将会取代新西兰的位置。我认为，新西兰应该提前和平撤退。这次远航的前景，帮助我忍受日常生活的艰苦，尽管迄今为止大陆漂移理论在科学家眼里仅得到部分证实。但同样真实的是，科学家刚于最近才开始做研究和观察。一切开始于1912年，德国气象学家阿尔弗雷德·韦格纳以一项宣称震惊世界，他宣称各大陆都在地球表面上漂移。曾经有一个时期，它们组成一个强大的陆块，该陆块在约两亿年前分离，接着，那些碎片漂走，让位给大西洋。被切断的海岸线（欧洲和非洲西部对应美洲和拉丁美洲东部）是清楚匹配的，而这，还有侏罗纪植物群和动物群中的地质构成和地质类同的延续性，都成了有利于他的理论的依据。但是对科学来说，断言“苏西有一只猫”是没有意义的。你还必须证明：一）苏西是苏西；二）猫是猫；三）任何特定的猫实际上都有可能是任何特定的苏西的财产；四）这个特定的苏西究竟是如何成为这只特定的猫的拥有者的。大陆漂移？也许是吧，但如何解释？疑问堆积如山，有些怀疑论者达到如此精巧的程度，甚至海岸线的相似性也被变成了反对韦格纳的理论的论据。他们问道，被切断的陆地怎么有可能在如此漫长的时间里还保持原貌？与此同时，韦格纳在格陵兰的冰川中死去，整件事情也随之销声匿迹，被人遗忘。不过，它却在放射性和地球磁性的领域复活。新方法表明英格兰和爱尔兰从三叠纪到现在，已朝着东北方向转动三十度。还表明斯堪的纳维亚半岛以每一百年一米的速度顽固地上升。还表明地球磁极以恒速改变方向，并且海床保留了关于这些改变的完整记录……这本书的作者说，也许我们还可以寄望本世纪会有进一步发现。他们断言，地质学正站在一次重大突破的门槛上，恰如天文学在哥白尼和伽利略之前、生物学在达尔文之前、物理学在量子力学之前那样。只要人类还未发现支配地球表面运动的规律并想办法使一块大陆撞上另一块大陆，这个前景本身就依然有其吸引力。

《大陆漂移》，竹内弘高、上田诚也、金森博雄著，叶杰伊·米勒译自英语（因为没人能应付日语），华沙：国家科学出版社，“问题文库”，1973年。

自吹自擂

路易斯·阿姆斯特朗从二十岁起就获得承认、赞赏和日益增长的名声。他的名气是完全应得的，但在日常生活中却是很难承受的。现代俄耳甫斯不必被鸟身女怪撕碎。鸟身女怪的地位已被埋伏在夜总会入口和出口的乐迷、记者和摄影师、索要签名者、专业或业余窥探者、大群要求获得经济援助和恩惠的“亲友”、勒索者、精神变态者和阴谋家取代。这位富有魅力、本性善良的“书包嘴”——就连他也要被迫竖起一道秘书墙，甚至可能还雇用一个大块头保镖，来捍卫自己免遭他自己的声望侵扰，以便能够安心工作……这自然是非常严重的，使人痛苦。接着不用说，世界看见它的偶像变得愤愤不平，于是怨恨他。那些还记得这位偶像早年经历的老友们，尤其觉得他不可原谅。

他们伤心地、会意地摇头：这家伙自高自大，被冲昏了头脑，老一套。我无法摆脱一个印象，也即阿姆斯特朗写（或者更准确地说，口授）他的回忆录时，心中是想着这些人的，希望哄诱和抚慰他们。喂，你们这些在新奥尔良的，听着——他每一页似乎都在说——黑人甚至白人，活人甚至死人，我没有被冲昏了头脑，我没有忘记你们，读读看并满足吧，我对每一个人都说了一句好话，尽管你们自己知道并非总是句句属实。尤其是，你们，我的并非总是事事顺遂的音乐伙伴们——我不仅列举你们的名字和诨号，还向你们的音乐才华致以庄严的敬意，有时候你们的才华甚至比我还大，如果我知道任何东西的话，那也是从你们那里学来的。我只不过更幸运罢了，而这使我有点不安，因此我事先虚心地请求你们原谅……这就是这部回忆录的音调。高贵而感人。但这是真诚的吗？啊，让我们别小气，在回忆录中寻求真诚没有多大意义。倒是值得问一问，作者选择的自己和世界，究竟是哪一个版本的自己和世界——因为总有选择余地。例如，你拿起笔也完全有可能只是为了不对任何人说一句好话。

《我的新奥尔良生涯》，路易斯·阿姆斯特朗著，斯特凡·宗德克译自英语（非常出色），克拉科夫：波兰音乐出版社，1974年。

通往完美之路

哈达瑜伽是一种源自印度的呼吸和运动锻炼系统。据说定期练习（每日一小时，或至少十五分钟）能够产生极好的效果，只要我们可以做到所要求的集中精神，即是说，做到从外部世界撤退。哈达瑜伽能够消除疲劳和神经紧张，并逐渐引向人格的充分发展。然而，它并不是适合每个人，不是像书名《每个人的哈达瑜伽》所承诺的那样。疲劳和过度紧张的人没时间做练习，有时间做练习的人肯定就不是特别疲劳或过度紧张。此外，哈达瑜伽不适合怀疑者，因为怀疑者要做到撤退是极困难的。撤退要求有一种愿意相信的意志力，以及一点预先的热情。完成了第二十五体式（所谓的公鸡式）的练习，也即坐在地板上，两腿稍微分开，用紧扣在脚底的双手拉弯右腿，把右脚放在腹股沟左侧，并把右手插在弯着的右腿的小腿和大腿之间——这个时候，怀疑者依然会以一种不可接受的世俗和世故的方式思考："我究竟在做什么呢？"接着，当他用左手帮助右腿伸展，同时用另一只手紧扣右腿，把左脚放在右腿上，以同样的方式把左手插在左大腿和左小腿之间，使脚尽可能靠近左臀，使歇在两条弯着的大腿之间的地面上的双掌相接，两个大拇指相触，胸廓向前弯，吸气，抬起，使身体离开地面，达到仅由双掌托着身体的程度，并以这种姿势正常呼吸一会儿——在这个时候，他也依然充满怀疑，怀疑他的人格是否真的得益于这种身体编结术。接着他意识到哈达瑜伽只是通往完美之路的第一小步，而这种完美，按印度教圣人们的说法，是只有那些在整个宇宙中失去个人之我的人才能达到的。这时候怀疑者停下来问自己这是否关他的事。也许刚好相反：他不应失去他自己，而是干脆以其人类个体的独立性度过一生，并承担随之而来的一切困难？至于失去他自己——反正死后有大把时间做这个。这个时刻，怀疑者开始使自己脱离公鸡式。我们希望他成功，不需要护理人员的帮助。

《每个人的哈达瑜伽》，哈利娜·米哈尔斯卡著，第二版，华沙：国家医学出版社，1974年。

乐园里的麻烦

1937年，十二岁的海伦娜·瓦莱罗在戏剧性的环境下被雅诺马印第安人绑架，这些印第安人生活在里奥内格罗与奥里诺科河源头之间的森林里。二十年后，她设法返回文明的家乡，她的故事（由一名意大利人种学家记录）是一份独一无二的人种学和心理学文件。当时，白人对雅诺马人的生活几乎一无所知。雅诺马人也没有寻求与白人联系。被原始荒野隔绝，他们居住在他们自己“密封”的现实中，被淹没在文明人所谓的史前状态里。他们所知道的唯一外来物件，是大砍刀，那是用来砍植物的刀，是他们在河边偶尔做交易时获得的。然而，在他们手中，它没有变成死亡工具，那是所谓的高等文化的邪恶象征。雅诺马各部族以他们自己的常规武器棍棒和毒箭互相杀戮，造成大量死亡。这些武器是如此有效，以致妇女的生育率无法抵消男子好战造成的伤亡。是什么触发这些部族间的战争，这些无始无终的战争？这些战争不是由基本需要触发的。这些部族不知道饥荒，到处都有猎场和建筑材料。可他们还是会灭亡——或者说，至少这是我从这本骇人听闻的书里得出的印象。原因似乎是某个习俗，该习俗是如此强大，以致它取代了这个文化为了确保其继续生存而形成的其他一切习俗。从童年起，男人就根据仪式吸入一种从当地植物提取的麻醉品，叫作“艾佩纳”。吸这种烟会强有力地增加他们的攻击性，到了某个阶段之后会严重影响心智。雅诺马妇女知道，当她们的丈夫、兄弟和儿子聚集在一起吸艾佩纳的时候，接下去肯定就会发生暴力事件，因为深深吸了几口之后，总会引发某个动机。每个男人的荣誉都依靠成为一个“卫特里”。卫特里是指一个男人杀了一个以前曾杀过另一些男人的男人。因此游侠的理念弥漫于整个社区。我们知道我们自己的中世纪也有类似的游侠，但他们无非是一些寻求消磨两场战争之间的沉闷日子的个人。然而每一个雅诺马男人都必须成为一个卫特里，这就不能不使人对这些部族的未来命运产生怀疑。该民族似乎都生活在乐园里似的健康，几乎没有疾病（他们能活到生病的年纪吗？）。也许我们是在与某种精神退化的形式打交道？是否所有史前的狩猎采集部族都受到相同的法则支配？如果是这样，那他们是如何存活下去的？是什么造成这些法则的演进？这些问题都很天真，但是在面对人类学女皇陛下的时候，我宁愿不假装知道我不知道的。

《雅诺马：一个被印度安人绑架的女人的故事》，埃托雷·比奥卡著，芭芭拉·谢罗谢夫斯卡译自意大利语，华沙：国家出版社，1974 年。这本书是借来的，因为这个印数极少的版本瞬间就消失了。

茹齐娅

家养鸟与家禽的不同之处在于，我们把家养鸟关在笼子里，以获得美学乐趣。当然是我们自己的美学乐趣——我对那些注定要与整天展示在它们面前的主人一起生活的鸟儿的乐趣一无所知。这本书描述八十八种不同的鸟，它们相当不错地忍受铁笼里的生活。每一种描述都因配有一幅描绘雄鸟的彩色插图而生色不少。雌鸟被省略了，尽管某些品种的雌鸟的外表与雄鸟非常不一样。这本制作精美的书，激发人们去养鸟，但任何在它影响下实际迈出第一步的人，在购买雌鸟时还得多听听店员的意见。我最近写过一篇关于一本讲蝴蝶的画册的文章，该画册也同样对毛虫怀有偏见。我不想说它一派胡言，尽管非常接近。但让我们回到鸟儿吧。模仿人类声音的鸟儿，构成了一个特别讨人喜欢的群体。我一直很不走运，从未听到一只会“讲话”的椋鸟，更别说鹦鹉了。我童年时代唯一认识的鹦鹉，怎么教它都不肯说话。那屋子的女人们试图让它重复一些礼貌的话，例如“白天好”、“晚上好”、“胃口好”和“谢谢你”。男人们则鼓励茹齐娅（这是她的名字）学习各种对于挂着她的笼子的客厅来说不太适合的片语。那只夹在两种敌意的教育体系中的不快乐的鹦鹉，直到她（短暂的）一生结束时，都拒绝说半句话。然而，她却对那座钟作出反应。它一报时，她就勃然大怒：她会翻动她那色彩鲜艳的双翼，释放一阵可怕的尖厉而粗嘎的声音，使我感到恐怖。我至今依然可以清晰地听见那声音。那时我只有七八岁，那种年龄不会去想时间的消逝。一个小时结束，另一个小时开始，那又怎样？但在我看来，茹齐娅似乎对这类事件特别在意。她那种尖叫，似乎是想要吓走某种吓不走的东西，或至少好像是想要抗议某种无视我们的抗议的东西。“我们与之战斗的东西是如此小，与我们战斗的东西是如此大”，里尔克写道。不过，我读里尔克是很晚的事了。最早是茹齐娅，她完全无法忍受时钟的声音。

《家养鸟》，伊日·弗利克斯著，芭芭拉·布佐夫斯卡-齐赫译自捷克语，达格玛·切尔纳插图，华沙：国家农业和林业出版社，1974年。

失去的小人国

这本书分析身体的尺寸与身体各生命机能之间的互相依存关系。越小的动物，其新陈代谢就越快，因而也有更快的呼吸和心跳，更贪食和更有繁殖力。当出现有悖于这个基本法则的例外情况时，作者便试图解释它们的附带原因，并且一丝不苟如解释基本法则本身。我斗胆说，这本著作既不会使博学的动物学家失望，也不会使寻求自然科学知识的门外汉失望。不过，他们恐怕要在那种知识的名下多受些苦。例如我迄今一直以为斯威夫特笔下小人国人的奇谈怪论，是源自根本没有小人国人这个事实，而没有小人国人是因为他们不存在。现在我必须与这种认为他们根本不可能存在所以他们不存在的想法和解。这是一个重大差别，是对关于小矮人的想法的致命打击！作者逐渐建立这种打击。首先他断定小人国人不必要地过度喂食格列佛。他们以为格列佛比一个成年小人国人大 1 728 倍，所以他必然要消耗 1 728 倍的食物。而实际上格列佛每天只吃了 144 份小人国人的食物。另一方面，小人国人自己进食的次数要远远多于斯威夫特书中所说的。每天不是三餐，而是三十六餐，总量相当于他们总体重的四分之一。否则他们很快就会饿死。这种需获取大量食物的必要性，排除了过文明生活、培养精致习俗和接受高等教育的可能性，也使厨师、簿记员、园丁、建筑师的存在成疑，以及使所有文化变得不可能。人类之所以能够创造文化，是因为他们是相对大的生物，又有较慢的新陈代谢，因而有相当多的闲暇时间可供利用，没有闲暇时间就不可能有文化。这位无情的作者从而剥夺了小人国人拥有一个文明王国的权利。仿佛这样还不够似的，他还否认他们拥有某种人类的运动形式。格列佛在巨人中间的情形也好不了多少。基于众多理由，这种庞大的躯体将被迫生活在水里，其行为举止也将与液体环境的迫切需要相称。简言之，一个人类只能是众多格列佛中的一个格列佛……为了减轻这个打击，我不妨补充一句，也即只有在人类这个物种的——极其狭窄的！——范围内，他才能消耗阅读斯威夫特及其出色的寓言所需的精力。

《动物王国的巨人和侏儒》，埃弗哈德·约翰内斯著，斯特凡妮娅·亚容贝克、米奇斯瓦夫·科瓦尔斯基译自德语，华沙：大众科学出版社，1975年。

歌剧女主角

即使在十六世纪，在一家体面的剧院里，一个女人扮演一个女人的角色，也会被视为骇人听闻。男扮女装则是另一回事，例如奥赛罗身边一个男扮女装的甜蜜的小苔丝狄蒙娜被他那套衬裙缠住。作为在同一个时期崛起的新音乐体裁，歌剧也遵从这种暧昧的礼仪。牧羊人达佛尼斯向非异性表白他的爱，对此，牧羊女克洛伊以一种激情的假声作出回应。但是到1600年，一个女人在佛罗伦萨隆重首演的《欧律狄刻》中真实地扮演了剧名角色。这样骇人听闻的事情只有在与教皇的罗马隔一段距离的地方才有可能发生，因为女人还要过很久才能在罗马舞台上出现。随着时间的推移，这项罗马禁令变得愈来愈难以实施，因为歌剧方兴未艾，对男童女高音的需求不断增加，而供应有限，并且由于难以避免的变声而处于如履薄冰的险境中。因此，他们开始阉割男童。只要能在公众面前保持雅观，就在所不惜……此后，仙女、牧羊女和神女的角色都由虚胖、长得太高但拥有非凡美丽声音的残疾者担当。欧洲所有歌剧院都开始争夺他们，哪怕是一些已经多多少少可以接受女性角色的歌剧院也加入争夺。阉歌手成为扮演女性角色的激烈争夺对象，因此女性常常仅限于扮演感伤、多情的年轻男子的角色。这创造了一个简直如同狂欢节杂耍场面的情景。在伦敦的一场演出中，穿裤子的女高音与穿裙撑的阉歌手一样多。在气氛方面，这可能令人叹为观止，但在视觉上一定惨不忍睹。当对男童的野蛮阉割终于停止时，女人便抓住机会挽回她们的损失，因为她们既继承了阉歌手的女性角色，又保留了她们较早时扮演的男性角色。因此，这个安排接近于原本的样子，不过却是反过来的：睡梦中的（歌剧的）苔丝狄蒙娜被一个女性的、戴着假胡须的奥赛罗威吓。肖邦曾在巴黎目睹这样一场演出。奥赛罗娇小，而苔丝狄蒙娜则高大如一座房子，肖邦震惊，以为要被扼死的是奥赛罗。我永远欣赏他没有被密茨凯维奇说服去写歌剧。毫无疑问，他有更重要的理由坚持只弹钢琴，但谁知道呢，也许他还敏锐地意识到那种滑稽感。他可以预见各种他根本无能力去阻止的角色分配的灾难。他已经能够看见自己作为不快乐的作者，在包厢的黑暗角落里难为情。

《穿丝缎的夜莺：伟大歌剧女主角生平辑录》，沃尔特·哈斯著，尤利乌斯·基德林斯基译自德语，克拉科夫：波兰音乐出版社，1975年。

宠物的精神生活

在这本有关狗的疾病的书中，我们发现它所谈论的实际上也是所有困扰人类的疾病，从贫血症到黄热病。狗受苦和死亡的原因跟人类相同。哪怕是在这个领域，它们也试图与我们为伴。当然，它们受苦远不如人类那样明显，它们不描述它们的每一种痛苦，它们不易患上恼人的疑病症，它们也不会通过抽烟或喝伏特加来缩短寿命。这并不意味着它们的健康在统计学上比我们好。除了跟我们相同的疾病外，狗还饱受某些独有的狗病之苦。这本译自德语的书长达四百页，是有其充分理由的，也似乎给人无一遗漏地讨论其对象的感觉。但事实并非如此。作者省略了那些最普通的狗病，也即各种神经官能症和精神病。早期的兽医学忽视这点，但有关宠物精神生活的有趣研究正在兴起。我们尚无机会读到这方面的著述，实在可惜。我们无疑会发现我们的猫狗日子都不好过。它们用一生的努力尝试理解我们，适应我们强加给它们的环境，领会我们说的话、打的手势如果跟它们有关，究竟是什么意思。那是一种巨大的紧张，无穷的压力。每次我们离家，狗就会充满绝望：我们可能会永远离开。我们回家，对它来说则是近于震撼的赐福——某种奇迹保全了我们。这些告别与迎接令我们感动，但我们也应该惊骇。当我们离开几个星期，我们没办法跟狗说我们何时回来；我们在路上不能给它寄一张明信片或打一个长途电话来安慰它。狗注定要陷于无尽的绝望等待中。但是，还没完。在狗应付自身本性的要求和周围陌生的人类世界的要求时，还有一百个其他使它失去平衡的处境。最后，它迟早会追逐自己的尾巴，而我们被告知，咬尾巴并非无害的消遣，而是一个讯号，表明我们的被监护物已经与现实脱节。在没有尾巴的人类中间，这个阶段的疾病依然是无症状的。

《当你的狗生病了》，彼得·泰希曼著，瓦迪斯瓦夫·凯尔门译自德语，华沙：农业和林业出版社，1974 年。

九十磅的瘦弱者

这本入门书《增加你的力量和灵活性》在最后一章警告说，不要过分地练成球茎状的肌肉，但我怀疑这个建议到底有多真诚，因为这本书的插图都只展示健美运动员。与表面给人的印象相反，我并不讨厌健美。我一点也不反对光滑或满是横纹的肌肉。布鲁诺·米库戈夫肯定远远比不上我富有同情心，他宣称健美运动员恰恰是人类学者一直手持铁铲在各种缝隙和裂痕中徒劳寻找的类人猿与人类之间的过渡物。另一方面，我并不认为健美运动员是过渡物。他们比较特殊，恰恰是因为他们最初的生活与普通人无异，然后作巨大努力和牺牲来练成大块头。健美运动员的未来皇帝马克斯·西克就是一个例子，他最初是一个骨瘦如柴的男生，成为强壮的学童们欺负的对象。桑多呢？桑多遭一个女孩冷落，她直截了当地告诉他：你皮包骨的手臂和凹陷的胸部令我作呕。我怀疑我们还将在其他健美运动员的故事中看到女人和男生们扮演的狰狞角色。被唾弃的桑多立即着手扩大胸廓和四肢。练了几年举重，他成为一名运动员。那个女孩怎样了？历史在这点上沉默了。她有没有端正态度，投入桑多等待着的二头肌？根据我所理解的生活及其爱拿我们当笑料的倾向，一切完全相反。在发生那个插曲之后不久，那女孩嫁给了某位普通的瘦弱者，原因很简单，她爱上了他，而我们都知道，爱是盲目的。当桑多正忙于做下蹲和左右弓箭步，同时平行地伸展异侧臂[1]的时候，那个负心人正在替她那位不堪一击的配偶生三个孩子，痴痴地幻想他们都将长得跟他们的爹一模一样。不过，虽然我反复思量桑多的命运，但我最后还是真诚地喜欢他。他疯狂地决定锻炼自己的肌肉（特别是三角肌、臀肌、前三角肌、宽大的胸肌、倾斜的腹肌和胫骨前肌），并没有丝毫伤害任何人，而这在一个不那么友好的世界，是颇有价值的。

《增加你的力量和灵活性》，斯坦尼斯瓦夫·扎克热夫斯基著，第四版，华沙：体育和旅游出版社，1976 年。

1 指对应腿部运动的另一侧的手臂运动，例如对应右腿的左臂。

自己动手

“你亲自给你家贴墙纸的这种热情”——容我引述——“并没有绕过你的国家，最近几年对这种做法的热情在你们那些拥有房子的手巧人中间已日益高涨。现在它已成为汇集在‘自己动手’这个标题下的嗜好之一……”好吧，但是标题已有一半被砍掉了。完整的读法应是：“既然不能指望专家那就自己动手。”在波兰，业余爱好的各种变体并不是出于自愿的休闲活动，而是基于必要。这类业余爱好并非真正的业余爱好，因此我们是否应花时间和精力，把在波兰没有意义的外来语引入波兰语？如果你决定无论如何也要继续给你的房间贴墙纸，那么请务必读这本书然后想想是什么在等待你。首先是找到合适的工具这个差事。其中两三件通常可以在屋子里找到，但较专业的设备则必须去借或买。在各商店搜寻将很容易（或者说很不容易）就至少耗掉你两星期，包括下班后的晚上时间。你将多次走访某些商店，因为它们今天没货但明天可能有。按照本书的提示，你还会顺便逛逛油漆店，我们被告知，你可用押金在油漆店借工具，但实际上没有这回事。你将在晚饭后花时间去拜访朋友，因为说不定他们碰巧会有这种或那种工具。像闪电那样突然袭击并不礼貌，你得带点糖果给朋友的小孩，还要询问朋友父母的身体和一般康乐情况。有时候你刚好碰上了某个人的生日，或诸如此类的事情，回家后已经是凌晨四点了，可竟然没机会问他们是否有刮铲和油漆滚筒。另一些时候，朋友家里只有耳聋的祖母，一问三不知。不用说，如果出现这种情况，那肯定还要再来拜访。所以，得多加一星期。如果经过这番折腾之后你仍然凑不上一套完整的工具，你就得在城内城外多走几趟。那又得再加一星期。接着，在必要的工具都样样具备了之后，你终于可以考虑购买各种胶水和油灰了，当然还有墙纸本身。于是又要多加一星期。现在，你终于可以开始预备性的工作：移动家私、覆盖地板、刮墙平墙，并准备好各种混合剂。还要有至少一星期在乱糟糟中、尘土中和绝望中度过。我不想谈论贴墙纸的实际技术，只想补充说，对任何缺乏经验的人来说，那是非常复杂和耗时的。第二个房间的墙纸肯定会比第一个房间的墙纸贴得好看些——当然是假设你有第二个房间。整个一团糟要持续将近两个月。在这期间，你所有其他工作都将搁置，你将花另一个月时间去补做过往的工作，更别说遵照“自己动手”的指示修补你在贴墙纸时撞破的窗子。只有一样东西是你不能修复的，也即那大块无价的生命。你把它整个地贴上墙纸，而且还不够，但你疲惫了，耗尽了，焦躁了，抑郁了。你陷入公民意义上、文化意义上和哲学意义上的匮乏。整整一生很可能就以这种方式流逝。而它确是这样，确是这样流逝的。

《给你家贴墙纸》，扬·沃延斯基著，华沙：营火出版社，1976年。

待续

又称作哥特式小说的“恐怖传奇故事”，是英国十八世纪下半叶一种很受欢迎的文学体裁。人们贪婪地读这类故事，其理由就像我们今天读侦探小说一样。情节绝不拖拖拉拉，每一个转弯处都潜伏着可怕的危险。故事总是配备了半荒废的城堡、地窖、土牢、石窟，以及一群群恶棍出没的森林，他们总是眼神狂野，衣服发臭。同样地，故事如果没有邪恶的伯爵、神秘的悔罪者、蒙面的复仇者和弃婴，就不算完整。幸好，每个弃婴的肩胛骨都生着某个特殊记号，或至少戴着一个徽章，因此他在某个由作者预先安排的关头，将获得他的合法名份和遗产。幽灵、骷髅和不祥之梦也受到高度重视，还有匕首，匕首上很多年前流淌的血现在看上去还很新鲜。可以说，上述所有元素都汇集在《意大利人》中，因此这本书是该体裁的值得重视的代表。不过，我对它是否还会被读得毛骨悚然表示怀疑。但我还是深受感动。我八九岁时曾遇到一本类似的书，读得如痴如醉。它不可能是这本《意大利人》(这是第一个波兰语译本)，但两者一脉相承。我还记得那本书——看上去就是它应该有的样子，因为它是上两三代流传下来的。没有扉页和封面，书页边缘都已磨损，留下很多手指的黄色印痕。它夹着一朵干紫罗兰花，一只随着时间的推移而变扁的苍蝇，一些在空白处计算的数目，以及由某个我不认识的孩子用蜡笔乱画的涂鸦。我仍然记得我绝望地算着剩余的页数。终于，残酷的时刻到了，我不得不面对“完”。在这些文字之外，豁开一大片空白，我渴望不惜代价把它填满。因此，当然喽，我决定写我自己的小说。我精力充沛地着手去做；我削好铅笔，打开一本空白的笔记本。我不必绞尽脑汁去想女主人公的名字，我手头就有一个。我曾在某本杂志上看到并记住一幅画，标题是《花园里的牧歌》。画里是一对恋人，背对玫瑰丛，但我觉得牧歌(音伊迪尔)是那女孩的名字。因此我的小说的第一句是这样的：“褐眼的伊迪尔凝视地平线，邮差将从地平线上出现，送来她未婚夫的信……”接着，情节便惊心动魄地展开。有个人悄悄从伊迪尔背后掩至，魔爪沉重地落在她肩上。很不幸，到这里，文本便基于未知的原因中断了。如今我已无从知道接下去发生了什么事情。

《意大利人，或黑衣悔罪者的告白》，安·拉德克利夫著，玛丽亚·普日马诺夫斯卡译自英语，索菲娅·辛科作跋，芭芭拉·津比卡-索尔蒂夏克插图，克拉科夫：文学出版社，1977年。

如何不做贵族

这本书实际上主要是描写十七世纪上半叶。下半叶没有剩下多少时间来描写璀璨的日常生活，历史老是打乱其节奏。作者们在书中并不处理历史事实；他们没兴趣去追究贵族对事件发展的结果应负的责任，而是描写和分析贵族的庄园、家族、生活方式、收入、政务、教育、心态。你得出一个印象，觉得在上层阶级中，也许并非一切都不可逆转、不可挽回地糟糕。不用说，成为贵族是一件晦事——不只在波兰，而且在所有地方。无论是哪里的贵族，其抱负、眼界、品位和姿态都差不多。波兰贵族并非唯一其坐骑戴着黄金马蹄铁昂首阔步的贵族。他们不是唯一互相炫耀富丽宫殿、奢侈饮食和辉煌葬礼的贵族。孔德鲁什的宴会之骇人听闻并不逊于拉齐维尔的宴会。总之，很明显，我们的贵族跟别人的贵族并没有什么不同。但值得一问的是，是否每个地方每个贵族都一模一样地荒淫无度。很不幸，并非如此，正是在这点上，相似的线团开始拆开。我在某处读到一个记载，讲热那亚某个参议员安排的一次招待哈布斯堡的卡尔四世的宴会。这位皇帝用来吃喝的昂贵器皿在号角齐鸣声中被扔进大海。这个姿态堪与波兰贵族媲美——但接下来发生的事情就不再是波兰的了。有人在海面上撒了看不见的渔网，第二天这些被抛弃的财富便被从深水里打捞出来。我们波兰人缺乏实际上和隐喻上的渔网。我们的姿态太过严肃。尚有另一个还要严重得多的差别。我敢打赌说，热那亚盛宴的大部分用具，连同家私、女礼服、雕像、地毯、乐器——简言之，几乎所有东西——都是当地艺术家和工匠的作品。虽然这些人并非总是获得他们应得的奖赏，但他们的存在依然受重视和支持。而在波兰，根本没人愿意操心去鼓励和发展本地产品。他们所有的一切都是从外国进口的。如果在技术上办得到的话，他们甚至会进口整座预制的宫殿。非常有可能，不止一个贵族常常在睡梦中看见一座宫殿从海外滑翔而来。哗啦啦、哗啦啦、哗啦啦，越过山岗、河流、田野，沿途推倒森林，撞毁半挨饿的村子和城镇，每一刻都更逼近，更庞大，一座崭新、现成的宫殿，窗玻璃在阳光中闪着甜蜜的光。宫殿里有一百个房间，每个房间里都有波斯地毯、佛兰德斯挂饰、意大利绘画，每张桌子上都有威尼斯高脚玻璃酒杯在晃动……

《十七世纪波兰贵族的日常生活》，瓦迪斯瓦夫·恰普林斯基、约瑟夫·德乌戈什著，华沙：国家出版社，1976 年。

在任何场合

“花艺……”这个相对年轻和幼弱的小词已经承担了数不清的义务。这里指涉的将不只是花艺本身，也即插花的艺术本身，而且还指涉编花圈和扎花环，即是说，指涉花圈装饰术和花环装饰术，这两个术语注定很快就要丰富我们的专有名称词源学库存。我们也许还可以再加上瓶艺和盆艺领域的新研究，所谓瓶艺是指选择合适的花瓶，盆艺则是指盆栽植物的培养。但是，还不止这些。作者们通过对几何学、光学、构图、外交和意识形态的专题研究来扩大他们的题材的范围。所以，这本书有如此多的作者，就一点也不奇怪了——没有人可以一手包揽。本书是全译本，未经删节，包括一个相当篇幅的专章，讨论德意志民主共和国的花卉贸易组织，有详尽的价格、图表、一览表，尽管大部分数据至少是十年前收集的，显然已经过时。我对这一章感激不尽，因为它创造了一个愉快的、尽管可能是虚幻的印象，令人觉得当今波兰不存在缺纸的问题。这本书如果不离题，坚持讲专业知识，将不会有任何损失，而在专业知识方面它倒是供应颇丰。当然，我对从域外习俗和品味里散发出来的异国情调气味没有什么意见。例如我读到“艺术家的花圈”，感到兴味盎然。它披露说，我们的西方邻居们依然保留向卓越人物献花环这一令人愉悦的传统。“在这种场合，一个覆盖绿色或金色桂叶的中型罗马花圈即可，无须更多装饰。”不过，运动员的花圈能够更有感染力地表达心声，因为“扎成带状的橡叶，会创造一种比罗马花圈更激动人心的效果”。新娘的花卉暖手筒也使我感动，这个概念很实际，因为毕竟大多数婚礼都是在冬天举行的。作者们总的来说强调花卉在个人生活、职业生活和政治生活中的代表性作用。有了这个想法，他们主张只用“高雅”的也即培植的花。非温室的草民之花对他们来说没有魅力或价值。在他们看来，野花只适合“不分皂白”的儿童。这种幽默，被护封所加强，护封描绘用农民风格做出来的一小束芬芳的野花。这要么是暗中驳斥作者们的品位——对此我表示怀疑，要么是出版社常见的失误——对此我倒是相信的。

《花艺》，S. 达维德、K. 多伊奇曼、M. 弗赖塔格、A. 霍夫曼、J. 坎佩、H. 林克、M. 洛布斯特、E. 米斯纳著，亚历山大和马塞尔·维尔温斯基译自德语，华沙：国家农业和林业出版社，1978 年。

家事

克娄巴特拉是一个希腊名字。它在托勒密王朝的希腊-马其顿朝代是世袭制的，托勒密是亚历山大帝国灭亡之后埃及的统治者。共有七个朝代的克娄巴特拉，但只有一个即第七个也是最后一个克娄巴特拉在她所不知道的后代为她自己赢得耀眼的生涯。她的先辈们都湮没无闻。我们也许会认为她们在她们的王室配偶、兄弟和儿子的身边过着平静、与世无争的生活。绝非如此。平静、与世无争的生活是一种这些女士们都不愿拥有的奢侈，并且即使她们努力争取也不一定能够得到。时代动荡，风从罗盘的各个方向吹来，强劲而迅猛，王位岌岌可危。除此之外，家族的构成在今天看来是如此难以理解！托勒密王朝采用法老的传统，法老们效仿兄妹神祇奥西里斯和伊西斯，娶他们的姐妹为妻。这些不只是名义上的结合。恰恰相反。他们的目标是拥有共同的后裔。后裔又会相应地互相嫁娶，以便生产下一代。因此母亲同时是子女们的姑母，父亲同时是子女们的舅父。显然，这意味着儿子是父亲的外甥，女儿是外甥女，儿子是母亲的侄子，女儿是侄女，同时又是彼此的兄弟姐妹和表兄弟姐妹。这个复杂的网络是对他们缺乏祖先的部分补偿，因为这些子女虽然像我们一样有父母，却只有一个而不是两个祖父和一个而不是两个外祖父，一个而不是四个曾祖父和一个而不是四个曾外祖父，如此等等。不过，也会突然出现令人吃惊的事情。例如发生在著名的克娄巴特拉七世身上的。她有一个祖父和一个外祖父，一个曾祖父和一个曾外祖父，但是突然间有两个高曾祖父和两个高曾外祖父。是不是某种异族血统渗入这原始家族寝室？不是，依然是同样的精挑细选，只不过是除了尽本分之外，还多了点杂交。是这样的，很久很久以前，有一个克娄巴特拉二世，她首先嫁给哥哥，然后在哥哥死后嫁给弟弟。弟弟对失去丈夫的姐姐也即嫂嫂的魅力感到不满足，还未等她死，就娶了第二个新娘，也即克娄巴特拉二世第一次婚姻所生的女儿，也就是他自己的侄女和外甥女，并且别忘了，还是他的继女。这位女子摇身变成她自己的母亲的弟媳，她为她的叔叔也即继父生的很多子女便也把他们的父亲认作舅公（他们的母亲的父亲的弟弟），更别说他们又都是他们的外祖母的外孙外孙女和侄子侄女了。我实在没有力量进一步追究下去了（这本书里有一个专为此而制作的族谱图），但这应该足以表明一桩家庭小丑闻如何使克娄巴特拉的曾祖父和曾外祖父倍增。不过，也没有那么简单，因为她的曾祖父们也是她的曾外祖父们，如果父亲和母亲的划分在这里还有任何意义的话。由此我们得出符合逻辑的，如果不是当前人们热切关注的结论，也即乱伦虽然看似简单，其实是一种极其复杂的反常行为。

《七个克娄巴特拉》，安娜·希维德科夫娜著，华沙：大众科学出版社，1978 年。

打起精神

一百分钟美容？每天？你不可以总是沉溺于这样的奢侈里，我亲爱的虚荣又困惑，有正职又有孩子的已婚朋友。即使你可以，匆匆翻阅一下这本书也会使你相信一百分钟只是一个开始。这是一份二十四小时的全职，不分昼夜。你的个人外貌永远不能离开你的心思，即使你的心思放在别的事情上。走路时，你必须留意自己怎样走，坐着时怎样坐，躺着时怎样躺。即使站在排队的人群中，我的朋友，你也必须以一种有益你的健康和美貌的方式站着。为达到这个目的，让我抄录一下："双脚跟合拢，脚趾扩展到拳头那么宽，头从双肩向上伸……"如此等等，直至你抵达柜台，把采购的东西放进袋子里，然后离开。但是要注意，让我再抄录："离开排队也应成为正确姿态的一次练习。走路时头要高傲地昂起，胸腔扩展，从臀部开始迈出每一步，而不是从膝部开始。”不过，不要高兴得太早，以为一回到家里你就可以抛弃购物姿态而采用更放松的姿态。胸腔的扩展必须保持，此外，那个高傲地昂起的头尚有更多的义务要履行。让我再抄录：“把东西带进厨房或把东西从一个房间带到另一个房间时，要把它放到你头顶上，并且用左右手交替撑住它。”如果你碰巧没带任何东西，那就反剪双臂行走，四步正常走，四步踮脚尖走，四步用脚后跟走；尽可能长久地维持这种交替走法。还需要“在每一个空闲时刻”用嘴巴无声但显著的开合来锻炼颈部的肌肉，仿佛在发出元音“o”“u”“i”。如果丈夫被这些动作搞得烦躁不安，你必须用一张涂着草莓或酸奶油的甜蜜笑脸向他解释说，你这样做都是为了他，是为了使他永远有一个魅力无穷、样貌年轻的太太。你应该晚上十点前上床，平躺着，双臂纵长地伸展。你丈夫最初会试图把你那如此有益于肌肉、肌腱和腰脊的石棺似的躺姿扳过来，但是一两周之后，他就不会再去干涉你，几个月后他会搬走，让你有更多空间，以慢跑和长距离跳跃来加强你的日常节目。你以为他，那个丈夫，会搬去和谁一起住？和博任娜，她走路时是从膝部开始，排队时是耷拉着双肩，并且你简直无法想象，看她的年龄……

《一百分钟美容》，索菲娅·韦德罗夫斯卡著，第四版，华沙：体育和旅游出版社，1978年。

童年和以前

诸如动物的童年之类的题材需要至少七卷，每卷四百页。鉴于篇幅如此浩瀚的著作不可能很快就在书店出现，因此我张开双臂欢迎玛丽亚·S.索尔廷斯卡这本小书。作者尽最大努力，在九十页的篇幅里容纳尽可能多的普遍和特殊的信息，讨论这种被称为童年的特殊怪现象，更准确地说，是狗童年、猫童年、鸡童年和马童年，更别说我所称的虫童年等等。我想在这里停一会儿，细想一下童年的怪现象。或者，更具体地说，细想一下这种怪现象中最怪的。在这场游戏中，最怪的可能是大自然这么晚才有了童年。在数亿年间，生命通过单细胞动物的方式而存在，而单细胞动物是通过分裂生殖来繁殖的。分裂生殖不能称为诞生，因为它依然是同样的细胞，这细胞突然分裂成两种相同的样本。很难说这双胞胎是原细胞的子裔，因为你不能成为你自己的子裔，你不能不留痕迹地转变成你自己的子裔。真正意义上的没有痕迹。在分裂时，原细胞就这么消失了。但这不是其他更复杂动物所知道的死亡。如同在非常得体的犯罪调查中，要确立死亡就需要一具尸体。可在这件事情上，尸体哪里去了呢？这使我想起我的学校小伙伴原生动物草履虫。我曾经以为它只是某种无聊的东西，而我必须基于未知的原因，在我的笔记本中画它的素描。当时我对它的繁殖方式毫无感觉。没错，它分裂，那又怎样？相比之下，我的朋友马尔戈西娅·S和我能否偷偷滑进去看当时在“娱乐戏院”上演的儿童不宜的“激情与责任的戏剧”这个问题，要有趣和神秘得多。直到更晚的时候，草履虫才在我的想象中获得应有的地位。远古的大自然竟做出这样的事情！它创造某种东西，那东西活着，但不是真正被诞生出来，也没有真正死亡。如果它死去，那也是外部造成的，以不幸事故的方式发生。那死不是不可避免地注定的，不是生物的内部必然性。仿佛死亡只不过是在打一份临时性的零工，然后继续前进，找到一份全职。你可能会得出结论，认为草履虫和类似的微生物时常与永生厮混。基于只有它自己才知道的原因，生物进化开始放弃它原有的概念，继续前进，创造必死的生物，其生命分成显著不同的阶段，永远以同样的秩序发生：诞生、童年、成年、老年、死亡。我不知道为什么结果会是这个样子而不是另一个样子，那些知道的人实际上也不知道。

《动物的童年》，玛丽亚·S.索尔廷斯卡，华沙：国民出版社，1978年。

老朋友

塞缪尔·佩皮斯自1954年以来就一直是我的好朋友，即是说，从第二版起。从此以后，我已从头到尾把这部精彩的两卷本日记读了几遍。它这么精彩，部分原因是作者为自己而写，而不必操心它是不是精彩。他也没有料到他这些以简易风格写的，没有任何牵强的修辞手段的日记，有一天竟然会被译成其他语言。包括波兰语，而什么样的波兰语啊，佩皮斯先生，什么样的波兰语啊！有些翻译很好，非常好，甚至非常卓越，但依然是翻译。可是东布罗夫斯卡的译法竟发生那种罕见的奇迹，翻译不再是翻译，而是变成——我到底该怎么说好呢？——变成第二原创。当这个第四版推出时，我开始翻阅它，怪事便发生了：我开始搞不明白佩皮斯到底是不是我的老朋友。更笼统地说，是不是真的有这样的朋友，你非常了解他们，甚至能够懂得他们所说背后的用意。例如，一个来自1669年的小插曲。为了庆祝他的生日，佩皮斯和家人出发去西敏寺，参观历代国王的墓。包括参观亨利五世的妻子凯瑟琳王后的防腐尸体。佩皮斯把它搂在怀中，亲吻它的双唇。不是出于某种恋尸癖——但愿不会发生这种事情——而是出于纯粹的，尽管是不分皂白的享受。他宣称："我有生以来第一次吻了一个王后。"第一次！怎样的乐观主义！一个死王后是个好开头，也许将来会遇到一个活王后？佩皮斯的言论总是让我忍俊不禁，现在还是如此。但直到昨天之前，我总是觉得他的幽默是绝对无意为之的。今天我不知道了。也许他的笑话其实是有意的，也许他是在嘲弄自己和他在上流社会的所谓成功。而这是一个关键性的差别：我们是在笑作者还是在跟作者一起笑，是在他背后还是在他面前笑，是有悖他的意图还是合乎他的意图地笑？我用来说明我的怀疑的这个例子也许微不足道，但这个问题本身却举足轻重。我们应如何对待旧文本？我们如何才能避免带着一种不是它们应得的放纵、优越的微笑来阅读它们？特别是当作者不是以其俏皮闻名，而只是偶尔才勉强讲一个笑话的时候。即使是这样，他的俏皮话也依然要么难以被理解，要么被认为是无意的，是不由自主地脱口而出的。一般来说，时间的流逝为幽默创造了极坏的音响条件。我怀疑历史上有些著作在个别字词、句子、段落甚至整本书中，都有数不清的牺牲品。例如，著名的古代文化学者玛格丽塔·里姆斯奈德宣称，《圣经》中的约拿的故事原本是一个滑稽的民间故事，无非是讲一个笑话罢了。只是后来有人重新解释它，误会它，认真对待它。至今还是如此。想想荷马身上发生了什么吧，这位女士辩称，在荷马那里，如此多的笑话、眼色、讽刺都被转换成庄严、高贵的语句。对过去的事情逐渐听而不闻、视而不见，也许这就是事物发展的必然规律。但这绝不是迁就的理由。

《塞缪尔·佩皮斯日记》，两卷本，玛丽娅·东布罗夫斯卡选译自英语并作两篇序，第四版，华沙：国家出版社，1978 年。

诗歌的神话

米奥德拉格·帕夫洛维奇属于塞尔维亚诗人的中生代，被认为是一位大作家。就我所知，他的诗歌仍未有波兰语译本。因此，读者必须在与他的诗歌隔绝的情况下读他这本关于诗歌的随想集。这很不容易，要比反过来更帮不上忙：先读诗歌，然后读伴随诗歌而来的一切。很难从木工作坊的木头和碎屑去猜测家具的形状。不管怎样，我个人拿起这类诗学笔记时总是有点勉强。我很少遇到我觉得可信的音调和感觉。诗人写诗论时，那种侃侃而谈总会使我有点恼火。他们写得好像诗歌还保留着某些秘密，绝对不被其他体裁所知似的。诗人们往往倾向于把诗歌当作仿佛它是文学的第一个字母和最后一个字母似的，当然啦，确实有些时期证实了这种信念。但如今这种信念已经过时。诗歌继续活着，并且它显然不是一个小体裁。不过，认为相对于文学散文或戏剧，诗歌在感知和感觉方面具有某种毋庸置疑的优势，这在我看来似乎是不得体的。很久以来，获得诗歌这匹飞马的人，一路骑的都是同一匹飞马，至于谁抓住鬃毛谁抓住尾巴，并不总是讲得清楚的……诗歌这，诗歌那，诗歌其他……在大多数诸如此类的句子中，主题完全可以被散文取代，并且同样有效。我在阅读帕夫洛维奇这本随想集的时候使用了这个步骤，也许有违作者本意，却符合当前情势。因此，譬如说在与书名相同的《神话与诗歌》那一章里，我老是回想起他没有谈及的东西。那些继承古代传奇的著作，例如托马斯·曼的《约瑟和他的兄弟们》或乔伊斯的《尤利西斯》。或那些创造强有力的新神话的著作，例如卡夫卡的《审判》和贝克特的《等待戈多》。在这里，有一篇叫作《未来文学的历史概况》的小文章特别值得一提。一篇令人目眩的文章，充满风趣，尽管当你细想一下，便没有什么好高兴的。不过，我读这篇文章时，还是松了一口气，因为文学终于被当成一个整体来对待，诗歌是其中一部分，与其他部分相比既不更重要，也不更不重要。而诗歌差不多正是这样。

《神话与诗歌》，米奥德拉格·帕夫洛维奇著，约安娜·萨拉蒙、达努塔·契尔利奇-斯特拉申斯卡译自塞尔维亚语，克拉科夫：文学出版社，1979年。

赞美飞鸟

我喜欢鸟儿，不管是飞还是不飞。喜欢它们跃入水里和冲上云霄。喜欢它们充满空气的骨骼。喜欢它们翎毛下的防水绒羽。喜欢消失在它们翼端，却保存在它们双脚上的爪子，除了涉水的双脚——但也同样值得我们致以最诚挚的问候。我喜欢鸟儿的棍状脚或弓形腿，覆盖着紫色、绿色或天蓝色的鳞片。喜欢它们敏捷、威武、趾高气扬走路的样子，但也喜欢它们蹒蹒跚跚的样子，仿佛它们脚下的地球老在晃动似的。喜欢它们目不转睛的小眼，以完全不同的方式看我们。喜欢它们圆锥形、剪刀形、弧形、扁形、长形或短形的喙。喜欢它们的羽毛胸饰、翎毛、肉冠、翎颌、皱褶、紧身背心、马裤、扇子和假衬衫领。我同样高度评价鸟儿全身灰羽衣，它绝不单调，以及杂色，它在交配季节总能够展示新姿采。我喜欢鸟儿的巢、蛋和它们的雏鸟张开爬行动物似的深喉。最后，喜欢它们的唧啾声、啼啭声、叽喳声、刺耳声和悦耳声。这本鸟类地图集的作者给予这些声音大量的关注。例如，“绥绥忒忒”是灰翔食雀的勾引声，而“哔哔晬飒”则是哀翔食雀的求偶声，哪怕是在这两种如此紧密的家族的成员之间，也不会造成求偶声的混淆。显然，把鸟声“翻译”成人类语言的声音，事实上是不准确的，如果这本地图集附上若干唱片，那会好得多。但是扬·索科洛夫斯基很清楚他在做什么：考虑到唱片业的急速发展，一本附有唱片的地图集有可能在譬如七十年内出现。基于这个理由，他不辞劳苦的、尽管并非完美的文字记录值得我们感激——另外值得注意的是，他也是在继续一个脆弱的文学传统。既然我们谈到文学，我喜欢鸟儿还因为它们数百年来一直都在波兰诗歌里振翅飞翔。夜莺是诗歌的第一常客和宠儿。鹰、渡鸦、猫头鹰、燕、鹳、鸽、海鸥、天鹅、鹤、云雀、布谷鸟也都属于精英阶层。看到鹭、画眉、红腹灰雀、鹡鸰、苍头燕雀、乌鸫和另数十种鸟的机会还是有的，但较罕见。我们的诗歌还无声地忽略了另一些鸟，却仅仅因为它们的名字太粗俗，会败坏抒情情绪。我仍未见到一只鹩哥、鸥、褐噪鸫或文须雀。倒霉的夜鹰与燕子一样可爱，但在诗歌里没事做。我们只能寄望未来某位诗人终于垂怜某一只赤颈凫。但这还不是最悲惨的命运，因为至少还有一线希望，可是那些有含混名字的鸟儿从一开始就注定无人理睬。野鹟、长脚鹬或鸢会弄脏诗歌的风景。红头潜鸭与我们人类的某些成员共享其名字（译按：指红发人），也因此湮没无闻。任何诗人如果写“我把目光投向周围并很快发现 / 一群红发女子飞向我的小屋”，在今天就会被当成一个追求女色的吹牛大王。鲣鸟（译按：又指笨蛋）又怎样？“当我孤自哀叹我绝望的苦难，/ 我窥见那蓝脸的笨蛋在飞翔……”我可不这么认为。白骨顶（译按：又指傻瓜）又如何？“看吧，爱人，看我们头上月亮照得多明朗，/ 同时傻瓜、矮子和懒人在歌唱……”（译按：又可读成“白骨顶、鹊鹨和潜鸟在歌唱……”）哪个诗人愿意在这类诗行上冒险败坏自己的名声？至于这些鸟类贱民是否会在意它们在我们诗歌中的缺席，则是另一回事。它们永远可以自得其乐，计算它们在另一种语言的诗歌中出现的次数，在那里它们的名字绝不会与别的东西混淆。

《波兰的鸟类》，扬·索科洛夫斯基著，瓦迪斯瓦夫·西夫卡绘制彩图，华沙：教学出版社，1979 年。

角斗士及其他

角斗士的格斗最初是作为在葬礼上献祭给死神的决斗，很可能起源于伊特鲁里亚。但是它们后来达致的能量、创意和社会重要性使它们变成一种别具一格的罗马娱乐形式。事实上，这些格斗是如此具有罗马色彩，以致当罗马帝国崩溃，它们也跟着歇业了。因此迈克尔·格兰特这本描写角斗历史和描写指导这些杀戮场面的各种规则的书，可以说是以快乐的结局告终：罗马终结，游戏终结，现在我们周围再也没有任何罗马人使我们如痴如醉。我会建议用一种更广泛的视角看这个问题。角斗士的格斗在本质上无非是一种公开处决的形式。人类在其历史上曾发明了为数不少的这类形式。我们有较好的运气去对所有的人类发怒，从人类诞生到我们自己这个甜蜜的世纪。就连刑罚制度与娱乐业的巧妙结合，也并非罗马人首创。原始形式的处决，被俘虏的敌人或罪犯当场被杀然后被吃掉，从来都不缺少吸引群众的特点。它们并不是马马虎虎执行的，而是举行庆祝活动，有胜利的排场、欢快的跃起、蹦跳、鼓掌和声音优美的恸哭。后来，在处置罪犯时，还是取得了某种程度的进步（在我写这个词的时候，我希望你可以看到我在皱眉），他们并非全都立刻被处决，有些是被留下来作为重大节日的献祭品。但这些延期的处决并没有失去其娱乐价值。恰恰相反——娱乐价值增加。现在有足够的时间做细心的提前准备。受过特别训练的表演团，包括舞蹈者、歌手和乐师参与进去，场所也做了适当安排和装饰。大家都穿上节假日的盛装迎接献祭活动；小贩提着一篮篮水果和糕点穿过人群，婴儿在专心观赏的母亲怀中啼哭，较大的孩子则成群爬到附近树上去看。这一切都发生于山羊仍在罗马山丘上吃草的时候——在流浪猫占据角斗场的废墟之后，情况也差不多是这样。关于处决被当成隔一段时间就举行的节日，你可以写十多本书来谈论。我们不妨回想一下，在公共广场用绞刑、分尸或火刑处死囚犯期间，敞开的窗口怎样人头攒动，阳台怎样在承受不了观看者的重量下坍塌，断头台怎样从不缺乏志愿旁观者。对于罗马人，我只剩下另一根骨头要挑。也即，如此伟大的罗马文学，竟如此可耻地几乎不去注意这些游戏的道德方面；这样一个家长制民族在面对这些被赶入竞技场的囚徒可能包括血亲也即可能有父亲被迫去与儿子拼杀，或哥哥被迫去与弟弟拼杀的情况下，竟然不觉得有什么不妥；这个对其法律制度如此自豪的社会，竟可以快乐地欣赏眼前景象，也即一个杀人者如果要救自己的生命，或稍微延长自己的生命，就必须再杀另一个人。只有塞涅卡在写到这些游戏的时候带着嫌恶和恐怖。还有德尔图良和奥古斯丁——但他们已经是基督徒了。其他批评者来自希腊文学，但就连他们也是少之又少的。当然，我们大可以相信，尚有另一些文本没有流传下来给我们。任何事情都有可能。

《角斗士》，迈克尔·格兰特著，塔德乌什·里博夫斯基译自英语，安杰伊·拉多米尔斯基作序，克拉科夫：奥索林斯基国家研究所，1980 年。

殿后

这本详尽的著作主要是写给历史学者看的：学生、老师和专门研究相关问题的学者。不管怎样，它不是写给诗人看的。诗人从这类著作中获益不多。就是说，他们获益，但不是博学的作者想看到的那种意义上的获益。我以下说的话都不是对这本书的批判，而是解释为什么我写不出这样的批判。诗人，不管其教育、年龄、性别和品味，在其内心深处依旧是原始人类的精神传人。科学对世界的解释，并没有给他留下什么深刻印象。他是一个泛灵论者和一个物神崇拜者，他相信沉睡在万物之中的秘密力量，并相信他也许可以在若干精挑细选的词语的帮助下唤起这些力量。诗人甚至可能拥有七种以优等成绩毕业的学位——但在他坐下来写诗的那一刻，他的理性主义校服就会开始在他双臂下夹紧。他扭来扭去，气喘吁吁，解开第一个纽扣，然后是另一个，最后完全挣脱他的衣物，暴露无遗地站在一切面前，如同一个鼻子上穿环的野蛮人。对，对，一个野蛮人，因为对一个用诗歌跟死者和未出生者、跟树、跟鸟儿，甚至跟灯盏和桌脚说话的人，你还能怎样称呼他呢，也许除了白痴？那么像这样一个诗人，又怎能从自然科学中获益呢？动物学家掏心掏肺，试图向我们证明一匹马是一匹马，一只鸡是一只鸡，它们的精神状态不能以人类心灵做参照来解释。鉴于他们还未想好适当的术语来适当地表达这个区别，他们便诉诸引号。因此动物不思考，他们“思考”，它们不决定，他们“决定”，如此等等。不过，诗人是如此退化，以致这类说法都不能使他接受。如果你不同意，那就向我证明有一个诗人用这类预先警戒的引号来描述他自己的狗。诗人的狗依然是聪明的，而“聪明”人则是那些不同意这个观点的人。但是这段导语已经拖得太长了，让我们回到历史这个正题吧。诗人在这个领域也同样受到他的落后的损害。过去对他来说依然是战争和具体的个人的历史。而对今天的历史学者来说，尤其是对那些专心于建构宏大综合体的历史学者来说，战争和个人充其量只是次要问题。对这些历史学者来说，主要历史推动者是生产资料，是财产拥有权的条件，以及气候。零散的事件在历史进程中并不担当重要角色。你要么完全绕过它们，要么以一种不会使读者分散对更重要事件的注意力的方式讲解它们。一些特别为此类目的而翻新的词语，在这里协助他："最高成就""失去支配权""压制分离主义趋势""发展突然受阻"，如此等等。血不从这类词语里流出，火花不从这类词语里散出。不再是某次阴险的进攻、埋伏、屠杀、强奸和压制，而仅仅是甲国"发现自己置身于外国侵略者的范围里"，准确地说，是"新来者的范围里"，更准确地说，是"乙国文化的范围里"。历史学者的语言努力要抽象，并且基本上达到了。当他们讲到"迁移性运动"，你很难猜得出他们是指新领土的和平定居点，还是指一个部族遭另一个部族袭击时争先恐后地逃难。很不幸，诗人依然以形象思考。例如，在读到某个群体的农业计划"与其邻居的利益发生冲突"时，他立即看到被砍下的头颅被抛入柳条筐。此外，所有原始动物都具备的直觉会低语说，这些柳条筐是失明的奴隶编的，他们在较早某次“冲突”期间被俘虏并且被弄瞎了眼。不用说，讨论中的时期愈是久远，历史学者便愈容易达到这种洁净无菌的风格。历史学者平静地翻阅最古老的人类史诗《吉尔迦美什》，立刻抓住他所需要的东西，也即“这是证明国家领导权的社会基础的构成的最早证据之一”。诗人没有准备好以这类理由来欣赏这部史诗。如果《吉尔迦美什》只包含这类信息，则这部史诗完全可以不存在。但它存在，因为被用作书名的英雄哀悼其友人的死亡。一个人类悲叹另一个人类的悲惨命运。对诗人来说，这个事实具有巨大重量，哪怕是在最言简意赅的历史综合体中也不可忽略。正如我所说的，诗人跟不上，他落后。为了替他辩护，我只能说，总得有人掉队。哪怕是为了捡起在客观规律的胜利队伍中被践踏和丢失的东西。

《古代近东史》，尤利娅·扎布罗茨卡著，华沙：奥索林斯基国家研究所，1982年。

不那么伟大的凯瑟琳

这位法国历史学家从事一项艰巨的任务。他决定把恶毒的凯瑟琳·德·美第奇身上的焦油刮掉，她曾被其同代人视为撒旦后代的化身。胡格诺派教徒和天主教徒都认同这个观点，前者大声说出，后者低语，相反亦然，视乎当时哪一派都感到自己受这位王后凌辱。最后，她被认为必须对降临在法国的每一场灾难负责。这当然是夸张的。凯瑟琳只在某些具体事例上犯错。这对于一只来自启示录的母狼来说是很不够的，但对于想把这位刚愎自用的夫人塑造成人们最喜爱的历史女英雄这个企图来说还是太多了。然而这正是本书作者的用意。他赋予她各种美德，这些美德在她的三十年统治期间不知怎的竟然连一次也未曾浮现过。他把她称作“意大利的蒙田”（愿上帝宽恕），以及“一个把其创作才能贡献给政治领域的艺术家”。七场她要么无法避免要么不愿避免的内战说明她的艺术技巧还有待提高。值得一提的是，法国并不是唯一被不同信仰之间争斗不休这个问题困扰的国家。所有欧洲领导人都在啃这颗硬坚果。迫害、暴动、火刑和焚毁实际上是世界性现象。然而，事实依然是，在法国，整件事情出现最血腥、最兽性的转折，这至少使我们怀疑凯瑟琳到底是不是正确地点的正确人选。在她死后，在另一个统治者着手处理事情的时候，两个阵营之间达成协议。因此，我难以苟同作者以溢美之词淹没德·美第奇夫人的做法。每一个溢美之词之后可能都需要加上一个问号。“一位绝世的王母”——谁使她的孩子们恐惧地发抖，谁难以压制他们兄弟之间互相的敌意？一个“有着准确无误的政治直觉”的统治者——谁煽动圣巴托罗缪节大屠杀[1]，而没有预料到它直接或长期的后果？“一位外交和政治大师”——稍后作者却必须在各种事件的压力下把她重新归类为“被误解的女人”。为凯

1 指法国天主教派在1572年圣巴托罗缪节对基督教新教胡格诺派教徒的大屠杀。

瑟琳辩护的最有力的论点是她总算挽救了法国王位，而这对法国来说是重要的。说对了也说错了。胡格诺派教徒也是保皇派，想捍卫王位。直到圣巴托罗缪节惨案之后，共和主义理念才在他们的普遍成员中间蔓延。凯瑟琳挽救的王位开始孵出一只小蟑螂，一只报死窃蠹，它开始慢慢地、难以觉察地蛀蚀。

《凯瑟琳·德·美第奇》，让·埃里捷著，玛丽亚·斯基布涅夫斯卡译自法语，华沙：国家出版社，1981 年。

侍臣的地狱

每一位回忆录作者都在其作品中留下他认识的人的较好或较差的肖像，连同两幅自画像。两幅自画像中的第一幅是刻意描绘的，第二幅则是未计划的、意外的。不用说，第一幅要比第二幅更讨好，第二幅则比第一幅更忠实。越好的作家，我们就越应该注意这种落差……圣西门公爵在凡尔赛宫廷上并不是一位公正天使，尽管他觉得自己是，而这也是他扮演的角色。他在描绘他的同代人时，没有忽略一个弱点、缺点、错误或诡计。不过，他还是让我们在他明目张胆地搞阴谋诡计、沾沾自喜、卑躬屈膝、背后中伤、布设陷阱、动不动兴讼告状以及在较不老谋深算的人中间散播恐惧时把他逮个正着。但我宁愿做辩方而不是控方。终极而言他是一个对他那爆炸性的能量和才干来说无用武之地的宫廷的产物。正如我们所知道的，路易十四把他的桀骜不驯的贵族阶级诱入一个金笼子。他自己是在资产阶级官僚的帮助下实施管治的，同时又为他的贵族阶级创造虚假的职位，它们是一些与管治的实际工作毫无关系，也不对任何事情负实际责任的头衔或数不尽的特权。这在短期内是神来之笔，但后来却证明是致命的——恰恰是对他至爱的君主制来说是致命的。这时候，悠闲的贵族阶级开始对他们无意义的空虚存在感到焦躁。圣西门理解这种有着不详后果的明显虚伪。然而他还是无法抗拒地参与其中。他的所作所为，恰恰是他在别人身上看到并使他感到恼火和好笑的：他发牢骚，但留在原地；翻白眼，但保持沉默。我曾经抄录拉布吕耶尔的一句话："宫廷没有乐趣，并使人无法在其他地方找到乐趣。"这可作为这些回忆录的题词。这样说来，也许我们应该从另一个角度来看这出滑稽剧？也许某些天性就是绝对需要宫廷生活的。也许路易只不过是在帮他这些沮丧的下属们一把，使他们有机会在假野心的恐怖中和各种礼仪的折磨中发泄他们的精力。毕竟，有些人真的是在不快乐的时候才快乐。又或者，这个也不是？让我们体谅一下路易——毕竟，并不是他发明了宫廷生活的奇观，他只是赋予它一个特别有效的形状。宫廷在他之前和之后都存在着，它们现在存在着，还将在未来继续存在下去。也让我们不要仅仅把作为一位出色的作家的圣西门局限于他的时代，因为他的研究包括所有时代和种族、所有类型和状态、所有国家和习俗。就我自己而言，我不相信死后有任何地狱。但我相信人们为自己或他人建构种类繁多的地狱。早就应该有学者来详细描绘这些地狱了。圣西门描写的地狱属于自选的地狱的种类，以及属于自助的地狱的亚种类。它坐满了志愿者，他们每一个都用长柄勺往自己的大锅里添松脂。

《回忆录》，圣西门，第二版，亚历山大和玛丽亚·博亨茨基译自法语，亚历山大·博亨茨基作序，华沙：文学出版社，1984 年。

毁灭的艺术

这是那种在考古发掘基础上描写古代文化和民族的著作之一。不用说，我不反对这个日益流行的体裁不断发掘出来的新资料，至少不反对更丰富的细节。但我发现自己愈来愈经常想起一本尚未写出和出版的著作——至少我还未碰到它。我遇到的所有考古学家和历史学家都以一个句子概括那个使我感兴趣的问题："这座城市在某年某月被占领和毁灭。"就是这样：毁灭，但如何毁灭？我们利用最微小的痕迹，愈来愈准确地重构庙宇的外观、宫殿的布局、城墙的延伸。我们发现愈来愈多关于相继住在这些曾经辉煌但随着时间的推移逐渐被遗忘的城市的居民的情况。我们愈来愈完善地理解他们怎样建筑、材料来自哪里、整个过程需要多少时间。可是，没人谈论这样一些城市是以什么方式被夷为平地的。毕竟，城墙并不是被手指一碰就粉碎的。需要一定的体力、一定的专门技术、一定的工具来促成此事。需要一定的时间，在该段时间里人们可能会醒悟过来，重新考虑一百次——但这种情况极少发生。最后，还需要某些有组织的人群，他们决定承担或被迫承担这项任务。很自然，某些初步的工作是自发的。敌人进城，抢他们可以抢的。不能抢的，就打碎、砸碎、踏碎、压碎。在混乱中，大火总会在某处冒出，剩下可能被抢的东西便全部成为火焰的牺牲品。连同居民的尸体——这是毋庸赘言的。不过，这些意外的大火并不总是有效的。这就是为什么某些发掘，例如在马里废城里的发掘，会找到被小心地聚集在战略性地点的燃料的残余。如果城墙不选择在哪怕是烈火中坍塌，那么毫无疑问仍有其他办法可供调用。它们被夯锤敲碎，被绳索拽倒，或用天知道什么办法。就连古代的耶利哥也不只是被号角声震倒。今天，有人认为号角声是用来压低挖掘声。因此号角在一座城市的沦陷中可能扮演了重要角色，但城市的摧毁则需要花费更多的体力。例如呢？例如，在被占领的锡巴里斯，有一条河被引入，穿过城市中心。不过，迦太基代表了最令人感兴趣的例子。它被如此一丝不苟地夷平，就连夷平后的土地也可以犁田。这里，真真正正没有任何东西被时间和自然的毁灭力量遗留下来。这个工作做得实在太彻底太深思熟虑了。一定是经验丰富、训练有素的人员在高度胜任的专家的监督下劳动。如果我们暂时对其原因视而不见，我们必须承认这个工作里里外外都实施得非常出色。结果表明，哪怕是这样的劳动，包括绝对的辛苦、不眠的夜晚、眉头的汗水、效率和完美，仍不足以保证获得普遍赞赏。我想，这就是我希望读到的那本书会得出的结论。我甚至为它起了一个书名：《毁灭人》。这个定义也许会广为流传，与类似的术语例如智人、游戏人、工作人并列。一部以此为书名的著作，会很厚。

《宫殿和庙宇的秘密》，伯恩哈德·雅各比著，莱奥尼娅·格拉德施泰因译自德语，华沙：艺术和电影出版社，1983年。

宇宙的孤独

生命是挑剔的，要求把各种高度特殊的条件混合起来；我们已经发现，我们的星球满足这些条件，并且迄今找不到其他类似的星球。这并不意味着在数以百亿计的恒星中，没有存在类似混合体的可能性。当然有，奥尔吉耶德·沃尔采克这本著作便是致力于探讨这个问题的。他是天文学和宇航学领域的推广者，刚于最近逝世。这类著作总会激起我复杂的感情。我承认，我对地球以外的生命这个问题很感兴趣，但我还是宁愿这个问题不要太快和太确定地得到解决。例如，已经几乎可以肯定，我们的太阳系的任何其他星球都没有生命，对此我感到高兴而不是失望。我喜欢做我们这个独一无二、非同寻常的地球上的畸形生物。再者，我不等待任何不明飞行物体，只有在一个不明飞行物体走来捅了捅我的肋部，我才会相信。此外，我甚至不知道他们有什么值得我期待的。他们可能只是在计划巡视蠹虫、石蛾、吸虫。有人深信如果他们愿意，他们会在各方面都帮我们一把，我觉得这个想法是令人绝望地陈腐的。在世纪之交，流行一种转桌通灵术，你可以召唤哥白尼的鬼魂，他会告诉你是谁偷了你的石榴石戒指；或召唤三岁的萨比娜的鬼魂，她会权威地预测下一次欧洲战争将在何时何地发生。人们理所当然地认为，一切鬼魂都知晓一切事情和擅长做一切事情。但为什么我竟然谈起我是否相信不明飞行物体呢？在讨论一本严格忠于事实并只利用这些事实来得出其谨慎的结论的著作时，这似乎颇为不得体。谁知道呢，也许我这样做是因为对不明飞行物体的相信有其严肃的一面：面对宇宙的孤独时的恐惧。我并不是要小看此事，我将尝试问几个问题。这种孤独真的如此可怕吗？如此难以承受？如此“悲惨和可憎”——就像作者本人一度这样定义它？如果有新闻说地球以外没有生命，我们真的会陷入最黑暗的绝望吗？啊，我知道，我知道，今天和明天都不会有科学家作出这样的宣布，因为我们暂时仍没有数据，在可想象的未来也没办法获得这样的数据。但让我们停下来想想这样的新闻吧。它真的会是所有可能的新闻中最坏的新闻吗？也许恰恰相反——它将使我们冷静，使我们振作，教我们互相尊重，向我们指出一种稍微更有人性的生活方式？也许我们将不会说这么多废话，撒这么多谎，如果我们知道它们会回响在整个宇宙？也许别人的个体生命终将会获得其应有的价值，也即使我们认识到这生命是一种现象、一种启示，是整个宇宙的一个独特物种？每个舞台总监都知道，黑暗帷幕衬托下的演员细小的形象在空旷的舞台上会因为每一句话和每一个姿态而变得庞大无比……说到底，我们如此害怕的孤独真的如此孤单吗？并且是与其他人、植物和动物一起？你真的能够谈论一种如此复杂和不同的孤独吗？我不妨再补充一句：几个当代天体物理学家也曾经思考过地球的生物孤独。不是很多，我承认，只是几个。他们可能是错误的，但这是多么迷人的错误。

《人与外星人》，奥尔吉耶德·沃尔采克著，弗罗茨瓦夫：奥索林斯基国家研究所，1983 年。

经办人

我面前摆着一部专著，以一种专业而引人入胜的方式论述这位艺术家的生平、时代和作品。威廉·贺加斯毫无疑问不能跻身历史上十大肖像画家之列（尽管哪怕是戈雅看了他的《卖虾女》也不会感到尴尬）。他也不是杰出的风景画家，因为他根本就不画风景。历史画领域对他来说并不陌生，尽管如果他严格地坚持这个类型，也不会在他有生之年或死后给他带来什么声誉。贺加斯的著名，源自他一系列讽刺性、寓言性和模仿英雄风格的版画和油画。这些作品是如此地融合他的时代（也即十八世纪上半叶），使得我们依然通过贺加斯的眼睛看那个时代。幸亏有保尔森这部专著，使我们有机会认识为他带来声誉的另一项成就：他是英国艺术生活的无与伦比的组织者。他在作者版权领域第一个法律的制定中起到举足轻重的作用。他在训练青年艺术家方面取得巨大功绩。然而如果我们需要用一句话概括他的各项成就，我们就必须说，贺加斯为美术作品创造了一批公众。英国文学、戏剧，甚至相对新的新闻领域，都有自己的公众。但艺术？当然有艺术家，有委约，有购买，甚至有收入。然后这些定做的艺术品便消失了，要么进入富人家中，只有获邀请去吃烤乳猪的客人才有缘看到；要么进入公共机构，挂在墙上，供客户心不在焉地浏览；要么最后进入教堂，那里真正的信徒以温顺的精神纯粹性欣赏辉煌的内部装饰。这些，都不是现代意义上的公众，不是贺加斯透彻理解的那种意义上的公众。他需要的不只是客户，而是狂热爱好者；不只是少数鉴赏家的意见，而是相对富有的市民的兴趣，甚至平民的好奇心。与他之前的任何人都不一样，他利用报纸广告的可能性：他宣布预订未来蚀刻画的消息；他刊登拍卖、抽奖、展览的消息；他尽可能到处举办展览，甚至在剧院、餐厅和医院。这一切在当时都是全新的。他有了朋友，也招来敌人。他引发后者展开公开争论。他的总体规划并非只是卖画。在贺加斯“崛起”前，宫廷品味在英国占主流，而宫廷品味只重视进口艺术品。来自意大利或荷兰的绘画最为珍贵。英国艺术家受委约去做复制品，或者，如果他们幸运，则受委约去用流行的意大利风格画肖像。多亏贺加斯和他无数复杂而艰巨的计划，英国开始出现“真正的英国人肖像”。对他的指控是，他所做的一切事情都只是为了他自己的利益。事实上，他所做的一切，都是为了其他艺术家；他为他们铺路，向他们展示新的可能性，加强他们的自我价值感。我应当补充说，直到他逝世那一天，他都总有各种奇思妙想。他为一个展览而雇用了一名男子，该男子守在他的画作前，匆匆记下所有观众的评论。要是他多活几年，他应该会想出如今在展览馆大堂展示的那些纪念小册子。他和一群朋友还安排一次展览，展出旧伦敦的招牌，相当于今天的一次稚拙派艺术展。宫廷的承认姗姗来迟，那时他对宫廷已无用处。他在内廷宫务大臣职员名单上注册为宫廷画家，年薪十二英镑。他把远远不止这个数目的钱，捐给慈善机构。名单上他旁边的灭鼠员年薪是四十五英镑。这也合情合理，因为这是一份令人讨厌、绝望的世俗工作，完全没有死后留名的前景。

《贺加斯：他的生平、艺术和时代》，罗纳德·保尔森著，安娜·怀尔德删节（她真不该这样做），哈利娜·安杰耶夫斯卡、索菲娅·彼得罗夫斯卡译自英语，华沙：国家出版社，1984 年。

死里逃生

我完全不记得我第一次阅读蒙田留下的印象。不管怎样，绝不包括吃惊。这部著作的存在，它继续在发出的活生生的声音——我把这些视为理所当然。多愚蠢啊。如今，任何好东西的存在都使我充满惊讶。而鉴于《随笔集》是一个好东西（甚至是人类精神达到的最好的东西之一），所以这部著作中的任何东西都使我啧啧称奇，尤其是使这些随笔的写作成为可能的各种环境的极其吉利的混合。例如，这种事情并非完全不可能，也即一个取名米歇尔的男婴也许会在出生之后不久死去。当时，新生婴儿死亡是一种如此普遍的现象，以至于没人去探讨其中无数可能的原因。上帝给的，上帝带走，一个死去的小孩的潜在才能也就会继续成为一种未被发现的神秘。这男婴活下来：但每一小时、每一星期、每一年他都有可能患上各种致命疾病，这些疾病的名字大概要填满几页打字纸。还有，各种不幸的意外事故呢？小蒙田可能从树上、马背上、楼梯上摔下来，他可能被滚烫的水烫伤或被一根鱼骨头鲠住，他可能在河里玩耍时被溺毙。还有各种陷阱在等待一个成年人，例如决斗、旅馆打架、在客栈过夜时刚好碰上有人纵火。不过，这些随笔可能不会被写出来的主要理由，则是当时在法国横行的宗教战争。这里，没有任何保持中立的余地，甚至没有一个老鼠洞让你躲避这场风暴。这场暴风雨持续太久了，并且不止一次蔓延全国。蒙田站在天主教徒一边，甚至几次参加与胡格诺派教徒的作战。不过，没有证据表明他怀着必不可少的党派热情参与。交战双方都容纳不了他的批评才智。他面临的危险并不因此而减少。相反——他同时遭到来自两方面的攻击。然而，在这场大动荡中，不管你持什么意见，你都有可能遭灭顶之灾。让我们瞧瞧。我们看到一个冬日黄昏，太阳已经沉落。两个骑手，一个是旅行者，一个是他的仆人，正沿着一条森林道路回家。他们看不清，前面大雾茫茫，黑夜已经降临。突然间，丛林中传来几声枪响，我们听到一声叫喊，还有受惊马匹的嘶鸣声，树枝的断裂声，以及行凶者逃入森林深处的骚动声。骑在后腿直立的马上的旅行者双臂张开，头朝前栽倒在地面上，死去了。啊，抱歉，愚蠢的错误：原本应是另一个人在这个时候要经过这里。大惊失色的仆人摇晃其身体并试图使其苏醒的人，并不是受人敬仰的米歇尔·蒙田。受害者已过三十，年近四十，刚计划要写他的杰作。在一个小城堡的角楼里，新纸和墨水瓶连同一支削尖的鹅毛笔正在等待他。说不定最初几个句子已经染黑了其中一页……因此，我们怎能不对《随笔集》的产生啧啧称奇？不对作者尚健在时这些随笔就已经以原样出版啧啧称奇？更有甚者，不对原版没有与印刷厂一起被焚毁啧啧称奇？毕竟，要在一位独立思考的作家身上找出一千种不忠，实在太容易了。最后，我们怎能不对《随笔集》在变成如今我们所知道的定本之前其初版所经历的无数修改竟然都没有被遗忘、被丢失、被盗窃啧啧称奇？不对这些修改被保存下来并纳入作者逝世三年后出版的修订版啧啧称奇？因此我建议带着惊讶阅读《随笔集》。如果命运阻挠这部《随笔集》的写作，无疑某部别的著作，或多部著作加起来，也将成为十六世纪最高的知识标准。对于它们如何以一种普普通通不战而胜的方式达到这种崇高地位，我们将毫无头绪。毕竟，在历史密实的织物中，不存在空位。或者，更准确地说——根本没有办法证明它们的存在。

《随笔集》，米歇尔·蒙田著，三卷本，塔德乌什·博厄-热伦斯基译，兹比格涅夫·盖尔钦斯基编、作序及评论，华沙：国家出版社，1985年。

什么是神秘？

写这样一本书，你不必是任何知识领域的专家。你不必做环球旅行，寻求亲自与那些目睹各种惊人事件的人接触。绝对不需要追查马尼拉那位据说在光天化日之下、大庭广众之中被某个隐形人打伤咬伤的克拉丽塔小姐究竟发生了什么事。写这样一本书，你需要读其他与此相关的书，然后添加从小报获得的最新资料。然后你必须梳理一切，把它们分门别类，再用你自己的语言讲述，以免被人指控剽窃。不用说，有些轰动一时的事情已随着时间流逝而不再引起兴趣。例如，在六十年代，你再也看不到头条新闻报道有人被劫持去月球和他们与月球居民引人入胜的谈话。不过，永远有新东西冒出来。如今雪人在世界上每一座茂密的森林里都有兄弟，尼斯湖水怪出现在每一个深湖和峡湾，而外星人是如此举目皆是，以至于你必须煞费苦心才能避免砰的一声把一个外星人意外地关在门外。这类书籍的一个特点是大肆抨击科学。科学是令人震惊地轻蔑和懒惰的，对眼前的证据视而不见听而不闻，并且总是把这些证据说成是虚假或不足。但还存在着甚至比科学还要坏的威胁。几位竟然拍到太空船照片的摄影师对此略有所知。拍完照片不久，便有三个穿黑衣的男子强行闯入暗房，用破碎的声音要回那些照片，之后，他们乘坐一辆没有车牌的黑色豪华轿车离去。读者也许会觉得我是一个愚钝的理性主义者，甚至不去想一下我们这个普通的地球仍然有可能发生奇怪、神秘和反常的事情。恰恰相反——对我来说，地球一点也不“普通”。我们愈是探究它，就愈是觉得它神秘，而它所承载的生命更是一种离奇的宇宙反常现象。一棵树长叶子，叶子沙沙声——这已足以使我吃惊。我不需要于尔根松的一百三十九个死人的录音，在他们的声音中你可以明显分辨出正在等待转世的俾斯麦的男中音。另一些人可能需要更刺激的调味，例如据说那只利物浦的青蛙从一块碎裂的花岗岩里爬出来，并活了几个小时。对我来说一只草丛里的青蛙已经够神奇的了。

《神秘录》，托马斯·德让著，三卷本，四人译，潘多拉出版社，1993 年。

汪达尔人的命运

汪达尔人给大众记忆留下了什么？只有作为肆意破坏的汪达尔主义[1]这个概念。作者（很博学，并且是一位出色的作家）提醒我们，破坏从人类历史一开始就不断发生，并且很难说汪达尔人跻身最主要的破坏者之列。汪达尔人的悲剧源自一个事实，也即他们的主要敌人懂得怎样写，而他们则直到灭亡都鄙视文字摆弄的艺术。我们任何关于汪达尔人的资料都来自他们的敌人，因此不可避免地对他们缺少好感。你很难期待敌人会有什么精微的描述，他们不会进入一个惹人厌烦的部族的思维，他们不会去探究该部族的行为背后的原因。有些汪达尔人的决定在我们看来带有集体疯狂的标志。我可以举一

1 “Vandalism”，即恶意破坏。

个例子。我们知道在公元一世纪，汪达尔人居住于现时波兰的西南部地区和蒂萨河畔。突然间他们放弃这些温暖的居民点，并被发现在公元四〇六年居住于莱茵河畔。被强大的敌手迫迁？不一定，因为在接下去的约十年间他们显示他们有足够力量使高卢和西班牙闻风丧胆。接着又突然间，他们放弃他们住得相当舒适并且没有受到什么威胁的西班牙，去征服非洲北岸。乘船，经由海路，即是说，有悖于他们原来的习性，进入陌生的气候和未知的世界……带着他们的女人、孩子，以及他们在历年间掠劫的财物。他们在非洲建立一个国家，规模很小，并且他们赖以生存的现实环境是岌岌可危的。一百年后，拜占庭袭击他们，并在一次短暂战争中打败他们。但是汪达尔人究竟发生了什么事？他们不可能全部在战斗中阵亡或在监禁中死去。总有一些生还者，甚至可能有一首哀歌口口相传，持续几代人……然而汪达尔人一夜之间不留痕迹地消失了；他们从历史书页中蒸发，没有留下一句自我评论的话。你甚至听不到某个人在某个时刻宣称自己有一个汪达尔曾祖母或至少一个保姆。只有在十三世纪——红色警戒，红色警戒——波兰人才开始炫耀他们的汪达尔祖先。这个看法甚至可能有一点儿貌似可信，因为汪达尔人曾经在我们土地上居住过好长一段时间。但是拜托，请保持冷静。大可不必在半夜里毛骨悚然地跳起来，张大嘴巴惊叫。波兰编年史家宣称我们有汪达尔人的遗传。这意味着我们有编年史家，而这反过来意味着我们已经有文学了。总之，这表明没有什么大不了，没有什么宿命的遗传特征，包括对写作的毁灭性厌恶。

《汪达尔人和他们的非洲国家》，耶日·斯切尔奇克著，华沙：文学出版社，1992年。

什么是做梦？

费里尼一部电影里有一个场面，描述扩展地铁线的工人碰到了伊特鲁里亚人的地窖，地窖覆盖着令人目眩的画。很不幸，其他人刚赶到现场，摄影师刚拿出相机，画便开始暗淡、褪色、变灰白。一阵子之后，一堵堵裸墙终于出现在目瞪口呆、无能为力的观众面前……梦也是如此：我们一醒来，它们便无可挽回地散落、消失。有时候，但再次是短暂地，我们保留梦中的强烈印象。更罕见的是我们总算紧紧抓住一个形象、一个场景。精神分析学家会说，本该如此——我们忘记的梦显然不如我们记得的梦重要。我不敢这么肯定。很多情况可能要视乎我们醒来时的环境而定。但好吧，就说我们能够回忆的梦比我们翻一翻身就忘记的梦更意味深长吧。精神分析学大师们使我心烦另有原因。对他们来说，梦就是梦，但他们研究的，其实只是梦的复述，而这是有差别的。在复述我们的梦时，我们用某些句法来组织和用理性来解释——也就是修改——梦境那谜一样的混乱。我们讲述的准确性还有赖于我们掌握的词汇，甚至有赖于我们吸取的文学传统。每一位好译者都知道，把各种细微差别、语气和腔调从一种语言翻译成另一种语言有多困难。把梦翻译成醒着的语言会更容易吗？让我们假设，三位分别来自中国、沙特阿拉伯和巴布亚新几内亚的先生，有天晚上做了完全一模一样的梦。我知道这是不可能的，那就迁就迁就我吧。醒来时，他们无疑将给出三种非常不同的描述。不同的语言系统，不同的叙述模式，不同的概念和联想的积累……有关精神分析学这个主题的论述已被写得如此多，很难想象这类怀疑以前从未被人提过。我只想说，就我在这个领域的非常有限的阅读而言，迄今尚未有过任何这类怀疑。同样地，在这本包含荣格三篇非常典型的文章的书中，被梦见的梦和被复述的梦是完全相同的，毫无保留……这就使得我那不加批判的赞赏稍微受到打击。

《论梦的本质》，卡尔·古斯塔夫·荣格著，罗伯特·雷什克译，华沙：KR出版社，1993年。

太迟了，或什么时候？

卡雷尔·恰佩克1936年出版他那部著名的大灾难小说。它被认为是对希特勒的法西斯主义日渐增长的力量的警告。因此今天我们应该把它当作一部值得尊敬的经典来对待，即是说，把它放在书架上，与其他在各自时代都是绝对正确的书籍并列——然后不再读它。如果我们读它，也只是为了它在风格和概念方面的创新。我约二十年前就是这样读《战争》的，为了好玩。可如今我重读它时，常常有一阵寒意掠过脊背，因为，很不幸，这本书并没有过时。它讲什么？有人偶然来到一个小聚居区，位于一个遥远岛屿的海岸上，那里住着一种不为人知的双栖动物。他们还意外发现这些看上去很友好的怪兽相当聪颖，可以被教导去执行各种水下任务，发现它们可以轻易适应不同纬度，并且如果定时给它们喂食和给它们适当的装备，它们可为人类提供数不尽的好处。这是序幕。在尾声时，这些水螈已繁殖得无法计算，原本指定给它们的小海湾已无法容纳它们。结果，它们逐渐蔓延至各大陆，使各大陆沉入海洋里。恰佩克在看上去没有任何不祥之兆的序幕，与想进行任何反抗已经太迟了的尾声之间，注满了嘈杂的信息。这部小说是一种戏仿式的蒙太奇手法，由品类繁多的通信方式构成。新闻报道、专家证词、统计数字、采访、声明、讲座、论战。申诉、公布和宣言，次数愈来愈多的群众集会、代表大会、简报会、高峰会，都是讨论有关水螈、与水螈协力、与水螈对抗、替水螈辩护的问题。愈来愈清晰的迹象表明，不可能达成任何种类的共识。此外，随着时间的推移，出现了机会主义者，他们致力于为水螈提供服务。只想和平与安静、对该死的水螈已忍无可忍的普通人的数目也不断膨胀。很自然，也不缺乏有识之士提出警告和规劝。但是，上帝呀，开始的时候你哪能分辨谁是爱唱反调的神经病，谁是真材实料的先知。世界充满各种沉睡中力量——但你哪能预先知道哪种力量是被安全地释放的，哪种是应该不惜一切代价封锁起来的？

在发出警告会被当成笑话的时刻与发现已经太迟了的时刻之间，一定会出现一个单独、合适、恰到好处、不幸仍可以避免的时刻。在一片骚动之中，它常常不知不觉地被忽略。但它究竟是哪个时刻呢？我们如何辨认它？这很可能是我们自己的历史向人类提出的最痛苦的问题。亲爱的恰佩克先生，尊敬的阴间的幽灵——我们依然没有答案。

《与水螈的战争》，卡雷尔·恰佩克著，雅德维加·布拉科夫斯卡译自捷克语，谢德米奥罗格出版社，1992年。

法官大人

寂静的夜晚……宁谧的夜晚……把全世界笼罩在睡眠中的夜晚……碰到这类句子，博物学家们会怜悯地微笑。诗人啊，诗人。他们滑过风景的表面，片刻的情绪、瞬间的印象很适合他们……因为任何地方的夜晚都并非真的寂静或宁谧——除了永恒的冰天雪地，那里绝对没有什么可狩猎，也没有人狩猎。它只把全部生物中的一小部分笼罩在睡眠中。在四千多种哺乳动物之中，有近百分之七十在夜里狩猎。更别说众多的爬行动物、两栖动物、昆虫和飞禽，它们只在夜幕降临之后才开始从日间的匿藏地里出来。因此，夜间的寂静是由沙沙声、低吼声、溅泼声、啧啧声、嗡嗡声、咔嗒声、扑棱声、叽喳声和嘎吱声构成的，更别说所有那些我们的耳朵听不见的声音。各种鬼鬼祟祟的暗杀便是循着这条声迹而来的，受害者包括鸟儿和它们的蛋、青蛙和它们的蝌蚪、飞蛾和它们的幼体、蜥蜴、蜗牛、鱼、蚱蜢、甲壳类动物、各种小型哺乳动物，还有大型哺乳动物的幼崽。在巨蚺、美洲豹和短吻鳄等捕食性动物出没的较温暖的地区，就连大型的哺乳动物也不安全。有人会提醒我说，食草动物也在傍晚出来觅食，从而略微柔化夜间作为批量屠宰场的形象。我明白他们的意思，但是，首先，很少物种会仅仅满足于植物——绝大多数物种会在吃草的时候顺便把蝴蝶或幼虫当零食。其次，涉及素食主义是否清白无辜的问题。这里可能会引起那些奉行素食原则人士的愤怒，但毕竟植物也是具有生存意志的有机物。这在其他生命形式中也许是不证自明的，但在这里是否就意味着它不存在呢？不过，无论我们如何定义它，但事实依然是它葬送在人类食草者的盘子里……我说得实在不好听，但探究自然的本质一般都会引向令人难咽的结论。我们人类也是以其他生命为代价来获取营养的：我认为这是丑事。更大的丑事是我们不管愿不愿意，都必须参与，而我们经常津津有味地参与。但还是别再抱怨吧，该说个笑话了。法官大人，律师在其申诉中呼叫，我尊敬的对手兴致勃勃地用一切可能最坏的缺点来抹黑我的当事人。昨天他指控一位市民在光天化日之下丧心病狂地抢劫。今天他指控另一个人厚颜无耻地偷偷摸摸，因为他夜里盗窃。因此我请求您，法官大人，究竟我的当事人应该在什么时候做贼呢?

《夜间动物》，汉娜和安东尼·古茨温斯基著，“动物的神秘”丛书之一，弗罗茨瓦夫：下西里西亚出版社，1993年。

罗马丛林

我们极少想到，我们知道的所有古代文本都不是源自原版本，而是源自抄本。并且主要是源自在不同时代被怀着不同意图一再转录的抄本。我们应该在多大程度上相信这些文本？哪怕是最审慎的誊写员，也偶尔会省略或扭曲点什么。此外，付钱给他们的人，也会要求做某些改动，尤其是在该著作涉及某段已没人记得的往事的情况下。因此，譬如说在公元前四世纪，罗马就有好几个野心勃勃的家族急着想要成为神话传说中的埃涅阿斯的传人，或在万不得已的时候成为稍后但同样是神话传说中的罗慕路斯的传人。这就是为什么誊写员利用每一个机会把这些据称的祖先插入他们誊写的文本，并且当然会把各种英雄行为（主要是借用自其他神话）归于他们，或给他们添加了各种在那些遥远时代根本就没有的头衔和职位。但为什么要谈论誊写员？这些家族非常富裕，甚至为了他们自己的荣誉而委托历史学者为他们编写全新的传奇故事。有时候还趁机打击与他们竞争的家族，后者同样被虚构出来的祖先则充当了懦夫和叛徒。很快，家族问题与国家利益融合在一起。此类计划的目的，是在神话和传奇的昏暗丛林中厘清出一条笔直而毫不含糊的使罗马人从胜利通往胜利的路。在现实中，这条路是曲折的、崎岖的、在某些地带实际上是难以觉察的。例如有这种咄咄怪事，也即罗马皇帝竟然取了伊特鲁里亚人的名字，仿佛是出于恶意似的。还有那些在每一场战斗中都“惨遭”英勇罗马人击败的敌人的滋扰。可是转眼间，他们又要被迫去跟这些惨败的敌人战斗，再次彻底击败他们，之后这些惨死者竟然又穿起盔甲并找来了强大的盟友。与道德相关的疑问也应运而生。根据神话，罗马城（又是另一个伊特鲁里亚名字）是由两兄弟创立的，他们是雷穆斯和罗慕路斯（又是伊特鲁里亚名字）。很不幸，罗慕路斯杀死其兄弟，而这是不符合罗马美德观念的。一些粉饰这个杀害兄弟的事实的版本便开始流传。雷穆斯是一个恶棍，并多次招致死亡；雷穆斯是一个恶棍，但是另一个人把他杀了；雷穆斯不是恶棍，在一次意外中被杀；雷穆斯根本没有被杀，只不过更喜欢乡村生活而不是城市生活，于是在一座林边小屋度过余生……在迈克尔·格兰特的书中，“宣传”这个词只出现过两三次，尽管这个词事实上可以在每一页上重复。在各式各样的宣传中，最鼎盛的宣传发生于奥古斯都时代，而这全拜几位极有天赋的作家之赐。罗马人把他们的过去当作工具来用。但只有他们这样做吗？其他古代神话也留下精心操纵的痕迹。如果说在这个问题上较少为人知，那也是因为这些传奇故事仍未遇到他们的格兰特。我向任何偶尔喜欢仔细思考问题的人推荐这本书。

《罗马神话》，迈克尔·格兰特著，第二版，华沙：国家出版社，1993年。

脏泪

这本书在原则上适合任何人阅读，但实际上只适合妇女。我尚未遇见一个愿意花时间研究一本礼仪手册的男人。在这种事情上先生们完全依赖女士们及其温柔的规劝。这本书包含明智的，并且总体上来说实际的建议——所谓实际，是指只要你生活得相当合理舒适，可以偶尔替人付钱买某种大于一张公交车票的东西。但在这类指南书中我总是没赶上那描写生命本身的最后一章，那一章总是让我们大吃一惊。这最后一章的标题也许可以叫作《别做得太过分》，并将解释说，在通往完美的道路上，最明智的是在终点线前几步停下来，因为终点线可能会悬在某座悬崖上。我将用我曾在某本法国妇女杂志上读到的故事来加以说明。该杂志向不忠的丈夫提出以下问题：“你是在什么情况下第一次背叛妻子的？”

我将用我自己的话来讲这个故事，因为我手头没有原文。我是——某位先生吐露说——一家生意颇兴旺的古董店的店主。我妻子以无与伦比的美著称，她打理并熟练地突出她的外观。她衣着很有品位又恰到好处。她给孩子们灌输适当的道德准则，并很健全地养育他们。多亏她，家中一切都很顺利。一切都井然有序，洁净得闪闪发光。家常菜美味可口，热量均衡，端上来都美观又准时。此外，我妻子既谨慎又圆通，因此在任何情况下都能逢凶化吉。我的朋友们都觉得我找到了理想的伴侣。我也这样觉得——直到有一天一个女孩走进我店里。她并不特别漂亮或有魅力，穿的是便宜、不合身的破烂衣衫。她的短上衣少了一颗纽扣，脚上穿一双邋遢的运动鞋。她羞怯地询问橱窗里一条项链的价格。项链不贵，但超出她的能力。正当她准备离去的时候，她突然姿势粗笨地撞倒了一个摆放着一件昂贵中国花瓶的架子。花瓶摔成碎片。她先是恐惧地望着我，然后是恐惧地望着碎片——接着跌坐在地板上开始像一个小孩那样号啕大哭。我目瞪口呆，但各种思绪飘过我的脑海。例如，我的妻子从来没有撞倒任何东西。再如我从来没见过她哭。

即使她突然哭起来，也肯定不会跌坐在地板上哭。她的眼泪将会晶莹夺目，因为她只用某知名公司生产的睫毛膏……我情不自禁地跪在那女孩身边，拥抱她，用我那块完美无瑕的手绢替她抹去脏兮兮的泪痕……一切就这样开始，这位出轨的古董商在他最后的句子中叹息道。

《生活的艺术，或良好礼节大全》，完美夫人著，海拔出版社，1993年。

街垒上的笔迹学

我不知道波兰怎样，但在西方，笔迹学家们都忙得不可开交。数目愈来愈多的机构、企业和个人都需要他们的服务。本书作者是德国笔迹学家协会主席，并代表该协会出席国际会议。笔迹学家们建议、评判、恢复和参与。好吧。我对笔迹学家并无不满。如果有什么令我厌烦，也是那些向他们寻求意见的人。让我们比较一下精神病学家的客户与笔迹学家的客户。前者希望阐明他们自己精神的裂缝，后者一般都是寻求透视别人的性格，并且通常是在别人不知道和未允许的情况下。在笔迹学家的等候室，你会看到手袋里放着未婚夫书信的女士们。笔迹专家会断定谁是最匹配的。你还会看到其兴趣通常不在于他们的未婚妻的性格的先生们。他们的主要兴趣是透视他们未来商业伙伴的心灵。一个人想尽可能透彻地了解另一个人，这是一点也不奇怪的。不过，在此之前，用于这个目的的种种方法一般都是土产的，例如花很多时间与某个人在一起，常常与他或她交谈，偶尔玩纸牌游戏（当然是为了钱），一齐乘帆船出游或到山中远足。但如今大家都急匆匆。谁有时间与风帆搏斗，或在山顶下面铺开睡袋？不管怎样，有才智的观察者少之又少，因为这需要专注力。交谈也很少派得上用场，因为这种技巧很少在某些圈子里使用。因此，笔迹学才成为一时风尚。而只要人们依然掌握手写技能，这种风尚就会继续下去……西方各种私人企业求助于笔迹学家来评估重要职位的候选人。他们要求候选人提交一份手写履历，然后把履历转给笔迹学家。而如果笔迹学家的反应是“人际技巧差”“缺乏组织能力”“不可靠”，则哪怕是最令人印象深刻的求职信、学位和证书也会变得一文不值。不过，尚有一个问题，也即笔迹学家本人是否通过笔迹学鉴定。因为他的笔迹可能会显露出诸如“依赖第一印象”“对他人怀有偏见”“自以为是”之类的特征。我是一个怀疑主义者，这是无法否认的事实。因此，为了从本书包含的建议中获得若干个人利益，我提交了我的手写样本，以供做笔迹学分析。结果可以用一句话来概括：也就是说，女士们先生们，我没那么伟大，但我可能更糟糕。这我早就知道了。

《书写的艺术，或你与你的性格》，阿尔方斯·吕克著，克日什托夫·乌希钦斯基译自德语，卢纳出版社，1993年。

我与绝色美女同游

“他们刚于一两小时前第一次见面，他们仅仅交谈过几句话，跳过一两支舞，然后便上床了。”听了这样的句子，我们便可以肯定这里谈论的是现代的放荡，有别于更严格的道德规范主导的较早的时代。更严格，不错，却也更令人震惊。数百年来，在不同国家和信仰中，两个完全的陌生人之间的肉体关系乃是一个常规，同时获得世俗当局和教会当局的接受与祝福。在欧洲，皇室婚姻直到最近才不再以这种方式订约。新婚夫妇很少早就互相认识。初步的求爱都是通过外交渠道安排的，候选人彼此只交换过画像和互传书信。画像一贯都是讨好的，书信是由秘书写的。当双方最后在婚礼上面对面见到真人时，常常免不了震惊。不过，各项安排和准备已经做得太充分了，根本没有回头路。庄严的仪式结束后是婚宴，接着是新婚夫妇在同一个夜里被推往婚床。今天，当两个人决定草率和仓促地缩短他们之间的肉体距离，他们至少在那一刻会觉得，他们是互相被对方吸引，并被一股不能自拔的力量撮合在一起。但那时根本不存在这种情况。上层姻联的男女，只需要履行他们的婚姻义务。因此新婚之夜笼罩着使人瘫痪的恐惧、反感、疏离，经常还有肉体的嫌恶。不仅对新娘来说是这样，新郎在婚床上也有他们自己的地狱。他们，尤其是王室宫廷的人，并非都被女人所吸引。还有那些无法奉命行事的男人。在这类情况下，新婚之夜往往以残暴的强奸的形式出现，随之而来的是终生的怨恨和嫌恶。让我们再补充一句，至少在婚姻中，恋童癖直至中世纪后期都是被容忍的。十二岁女童发现自己被许配给秃头老色狼。但这类恐怖就到此为止吧……我把书搁在一边，而由于我是在火车里读这本书的，我便环顾一下车厢。两个十五岁的女孩坐在我对面。不难看，但也不是特别漂亮。但如果因为某种奇迹，她们被传送到一个中世纪宫廷，披戴珠宝和缎子，她们会被当成绝色美女。因为在较早的时代，没有缺陷是可爱的决定因素。我面前的女孩没有染上天花或佝偻症，因此她们的脸没有麻点，她们的腿没有弯曲。任何内斜视或参差不齐的牙齿都已在童年就矫正了。如果她们之中任何一人腿断了，她也不会终生跛脚……我面前的女孩不知道她们有多幸运。迟早她们会嫁给某个汤姆或哈里。她们的选择将会证明是恰当或灾难性的，明智或鲁莽的，基于爱或计算。不过，无论如何，那将是她们自己的选择。

《在国王的床上》，朱丽叶·本佐尼著，雅尼娜·帕莱奇卡译自法语，华沙：火花出版社，1994年。

木乃伊和我们

我很喜欢参观考古博物馆。我已经见过每一种可能想象的颌骨，以及按年代顺序排列的相当数量的头骨和胫骨。我见过漂亮的石棺里的埃及木乃伊，没有石棺和绷带的木乃伊，美国木乃伊和地下墓窟木乃伊，以及保存在沙里和泥炭里的人类遗体。我希望我亲爱的读者不会因此而得出结论，认为我有恋尸癖。我观看这些戏剧性的遗体是因为我没有理由移开我的眼睛。还有另一个理由：我总是着迷于机缘及其难以预料的行为。千世万代，堪称堆积如喜马拉雅山的骨头——全都不留痕迹地消失。突然间，某个时候，某个地方，某生物踏进某黏泥，黏泥石化，保存了脚印，便有了为那脚印而举行的会议。或譬如说想象这种情景：高贵的直立人坐在灌木下，啃一颗坚果，以此消磨时间。他与他族群中的所有其他人并没有什么不同，但有某种事情只发生在他身上：他起劲地活动的下颌最终落入约九百万年后的某陈列柜里。或某个尼安德特人，有一定魅力，跟其他同类相比既不是更差也不是更好，站在其洞穴边缘，若有所思，凝视远方，挠着他那生虱子的头。他根本想不到——他哪里想得到？——他正在挠一次展览……不管怎样，在古代埃及，机缘似乎无事可做，因为这是一个跟之前和之后其他文明都不同的文明，善于把死者遗体保存下来以免毁坏。别急。坟墓一再被盗；木乃伊被剥去身上所有东西，然后要么被拿去引火，要么被磨成据说可治病的粉末。因此我们再次被迫承认，多亏机缘的宠爱，才挽救了遗留至今的东西……这本影集不适合胆小的人看。我不是胆小怕羞的人，所以我既不害怕也不恶心，浏览这些无声地尖叫的头颅，手指瘦长的、变黑的手掌，捆着婴儿骨架的绑带。在某种令人不安、令人紧张的程度上，这一切都很美……但既然我谈到这个问题，我要承认有些景象超出我的容忍度。我曾经参观过一座蜡像馆。那可怖的仿真像，那红润的脸颊，那似笑非笑，那睫毛，那胡须，那在你背后望着的呆滞眼神，全都是打扮得漂漂亮亮的死气沉沉，既煽情又矫饰——实在吓人。我感到恶心，必须出去呼吸一下新鲜空气。

《木乃伊》，詹姆斯·帕特南著，彼得·海曼摄影，博任娜·梅热耶夫斯基译自英语，华沙：拱廊出版社，1995年。

碎片会飞

暗杀政界公众人物乃是历史的一个不断重复的主题。本书作者只挑选和讨论几个案件——如果他要描述每一个历史资料提到的暗杀，那他恐怕要写成一座小图书馆，至少也得有一百卷。一直有人并且还将继续有人相信某个计划中的暗杀一定会成功，即是说，一定会带来想要的效果。而实际上——除了少数有争议的例外——这种情况几乎没有。目标人物的死亡，要么没有改变任何事情，要么产生暗杀者未预见的结果。但这个问题是一条我暂时不想涉足的河。我读这本书时跟踪另一条线索：伴随而来的受害者，那些仅仅因为碰巧出现在枪火附近或炸弹爆炸范围内而失去生命的人。暗杀者也许受某些在他们心中是崇高的意图的指引，但让这崇高思想见鬼去吧，因为他们非常清楚——他们早就知道——被锁定的汽车至少还坐着一个专职司机，飞机还载着机组人员，房子住着一整家人。在对阿方索十三世发动街头袭击时，有三十人死亡，这位国王和这次暗杀名留青史，但被意外杀死的路人只在讣告中亮相过一次。肯定还有更多的伤者，他们只能在冷漠的沉默中挣扎着度过他们留下伤疤和致残的余生……似乎在较早的时代，在火器和炸药还没有的时候，暗杀可能不会那么血腥。事实常常并非如此。一般来说，为防万一，统治者及其整个家族都会成为袭击的受害者。当代历史学者如果提及这点，也只是一笔带过。他们通常不会去评论保镖和碰巧在事件中出现的奴隶的死亡人数。一句真实而可怕的谚语说，当你劈柴，碎片会飞。人类碎片从来不会供应不足……如今，我们眼前，一种新式的暗杀正如火如荼：恐怖主义暗杀，特意针对随机的受害者。暗杀政客已变得愈来愈困难，因为他们出入都戒备森严，乘坐防护精良的汽车。但旁观者就是另一回事了，他们簇拥在火车站、地铁、百货商店、酒吧、等候室和各式各样的高楼大厦。轻轻松松、不带武器的狩猎，猎人用不着冒生命危险。他们随意在任何地点放置致命的炸药，然后在某个隐蔽的匿藏处留意最新消息。屠杀愈是血腥，他们就愈快乐和自豪。卡尔·西法基斯的《暗杀大全》并不讨论这种新式暗杀。在这本书中，我们只看到国王、皇帝、总理、部长、总统、领袖。伴随而来的受害者的生平被略过——因为毕竟要再创造他们是困难的。另一方面，完全可以再编另一部大全，专门讨论现代恐怖主义暗杀的受害者。毕竟，这些受害者中，有些还活着——残废、失明、无臂、无腿、无知觉。展示他们如何活着将会是很有意义的。他们的不幸不在于他们有什么官阶、要职，而在于一个显然毫无意义的事实，也即他们在某时去了某地，离开某地，停在某地，或仅仅是回自己的家里过夜。我觉得，世界迫切需要这样一部大全。一丝不苟和不偏不倚地编写，它将成为诺贝尔和平奖值得重视的角逐者。

《暗杀大全》，卡尔·西法基斯著，多人译，华沙：真正社出版，1994 年。

怪胎

卓越的豪尔赫·路易斯·博尔赫斯曾经出版过一部幻想动物大全。我遗憾地说，我没有见到它。我只知道，它包括经典的怪兽，它们经受时间的考验，成就了国际事业：海妖、蛇发女怪、海中巨兽等等。扬·贡多维奇这本书把这座动物园扩大至包括通常已被遗忘的较为地区性的生物，它们是他从童话、游记和中世纪词典发掘出来的。还包括相对晚近、纯粹源自文学的发明。这个计划完成得很出色，而亚当·皮萨雷克旨在把这一整群动物分门别类的努力也非常迷人。我猜这两位先生在工作过程中一定非常享受。我一边读还一边有点遗憾地想，所有这些曾经如此充满神奇力量的恐怖事物，如今只能对非常小的儿童产生适当的效果。我还记得很久以前，我以徒劳的英雄主义亲吻我在花园里抓到的青蛙；每次我走进一个黑暗的房间都会非常认真地期待某只令人厌恶、笨重的怪物带着一声骇人的尖声长叫朝我背后扑过来。那些日子哪里去了？我禁不住要说……但这是否意味着成年人的世界容不下怪兽了？当然还容得下，特别是一头有着无数版本的怪兽过去曾经、现在依然、将来还会在成年人中引起真正的恐怖。你在这本书里找不到它，因为很不幸，它不是幻想动物。相反，它是非常真实的，它那健壮、有血有肉的存在超过每一条想象中的龙和每一个狼人或鬼。任何有幸避免与它面对面遭遇的人，每次打开电视时都可以听见它和看见它。有时候这个东西以某个人在电视屏幕上讲话的特写头像的形状出现，有时候以整个人类的形象在来自当前战争的快照中出现。我将尝试描述它，如同贡多维奇描述他那些本性善良的恶棍那样，尽管在下面这幅画像中很难察觉到善良特征。然而，不管怎样，我们终究会发现一些使这幅画像的主角值得同情的表征……“这个人被仇恨占据着。自古以来就为人所知。他不改变，改变的只有他为达到目的而使用的手段。当他孤立地行动时，只给人一般的不祥之感，不过他很少孤立地行动，因为他极具传染力。

他啐唾沫。他扩散混乱，却相信他是在创造秩序。他喜欢以‘我们’发表声明；这最初可能是毫无根据的，但是随着不断重复，却变得愈来愈正当合理。他以某种更高的秩序的名义背离真理。他缺乏风趣，但我们最好别听他的笑话。他对世界没有好奇心；尤其是他不希望了解被他列为敌人的人，并正确地认为这可能会削弱他。通常，他认为他的残暴行动是别人挑起的。他没有自己的怀疑，也不要别人的怀疑。他精于煽动个体的，最好是集体的民族主义、反犹主义、原教旨主义、阶级斗争、代际冲突，以及他必须为其提供公开发泄渠道的各种个人恐怖症。他的头颅包含一个大脑，但这不会使他气馁……”

《幻想动物园——扩大版》，扬·贡多维奇著，亚当·皮萨雷克整理，小出版社，1995年。

艾拉

已经有一段时间了，我想写一首关于令人赞叹的艾拉·菲茨杰拉德的诗。不知怎的，还没写成。不过，事实证明，我想说的一切，都已经被指出、细查和强调了很多次了。但是潜意识里还有什么东西阻止我下笔，而现在我知道那是什么。我只是听艾拉的唱片，从未看过她的现场表演。而我从斯图亚特·尼科尔森这本书得知，如果你从未看过和听过艾拉表演，你就毫无头绪：你不知道她那摇摆的即兴表演、她歌唱得无与伦比的精确性，以及她处理音乐时不可思议的自由。任何有这种好运气的人，一定会觉得自己就像被拴在桅杆上的奥德修斯。不同之处是：引诱奥先生的海妖们不怀好意又脾气暴躁，而艾拉的歌唱则诚实不欺。她的声线总是含有某种天真的女孩气，以及——这也许是最好的定义——

对听众怀着善意。因此，即使我承认唱片只能做到这一步，我仍然知道得够多，足以对艾拉怀着最温暖的感情。她的声音使我接受生命，使我欢快。我不能说任何其他歌手也对我产生这样的作用。对我来说，她就是最好的，而我怀疑还会有任何人来改变我的主意……五年前艾拉·菲茨杰拉德在经过半个世纪的歌唱生涯之后退休。在那五十年间，她获得每一个可能的奖项和荣誉。她与爵士乐最了不起的大师们合作，她的唱片销量依然达数百万张。然而在六十年代某个时候，有些听众的品位开始改变。人们开始注意到艾拉歌唱中的某些局限性。不是她的声音，她的声音轻易地克服一切障碍，而是她的风格。就拿比莉·霍利迪来说吧，她总是把她的心、她的灵魂、她的其他各种器官倾注到她的歌曲里去。但是艾拉不过分情绪化。她总是与歌词保持小小的距离；她唱歌时，绝不会把它唱得激动焦躁。真是谢天谢地。我把这视为她的桂冠的另一片叶子。富于表达力的歌唱是一道滑坡，一旦你在滑坡上，你就很难跑开。我们现在已来到（我希望）这种表达力的最后阶段。我们不再听歌唱，而是听绷紧的声音的尖叫，对这种尖叫来说任何音乐的策略都是无意义的，取而代之的是被低音增强的分贝。这类感情也许是高贵的，例如所有人都应该是兄弟，我们应该爱大自然等。但是，表现这类感情的方式却是恐怖的。如同伍迪·艾伦在他的一部电影中说的："让我们离开这里，当他们完蛋了，他们就会开始劫持人质。"

《艾拉·菲茨杰拉德》，斯图亚特·尼科尔森著，安杰伊·施密特译自英语，华沙：琥珀出版社，1995年。

以母牛为例

土产心理学依赖提供忠告。我们在与朋友和熟人打交道时，几乎都做这方面的买卖。在这点上，我们一般都是讲原则和公正无私的。但我们通常不会想到要把我们零零碎碎的智慧做成一份清单然后拿去出版。戴尔·卡耐基先生却想到了——于是我们便有了这本指南书，教我们如何消除各种烦恼，这些烦恼不用说会摧毁我们的健康、扰乱我们的睡眠、破坏我们的自尊。他的建议是相当善意的。甚至有可能在某个时期对某些环境下的某些人提供某种程度上的帮助。但作者的用词缺乏诸如“也许”“部分地”“有时候”“如果”之类的字眼。他的乐观主义是无节制的，有时候有放纵之嫌。这种信心立刻就助长了我的怀疑主义，也助长了我的一个看法，也即完全缺乏忧虑比忧虑更可怕。这种缺乏暴露了不灵敏、没想象力和心智愚钝。促使作者写这本书的直接推动力，是他去了一趟位于第五大道和第四十大街拐角的公共图书馆。他在“忧虑”这个类目下只找到二十二本书，而在“蠕虫”这个类目下却有八十九本书！不过，很不幸，是他找错书架了。如果他看一看文学类，他将会发现已有数以万计的书写过忧虑。实际上所有世界文学都有一个记号，就是企图写尽各式各样的忧虑——从《吉尔迦美什》《安提戈涅》《约伯记》开始。我不想接着数下去，因为这份清单可以无限地延伸。我只想建议从这个角度看一眼《哈姆雷特》。当然，书名中那个主人公忧虑重重。其他人物，包括那个鬼魂，也都忧虑，尽管每个人的理由略微不同。只有福丁布拉斯似乎相对无牵无挂，但让我们不要忘记他在最后时刻才出场，并没有真正向我们倾诉。不过，我们可以放心，很快他就会坐上王位，麻烦将像苍蝇一样绕着他嗡嗡响。当然，文学还为我们提供各种完全没有忧虑的人物。不过一般来说，这些人物要么是无脑的笨蛋，要么是仍在随着描写他们的书页沙沙作响的无所不知的父亲形象。按理说我应该不再打扰这本书了，并祝它至少在那些还能够一本正经地读它的读者之中取得成功。可我做不到。尤其是读到被作者用来为其结论增添佐料的那些“真实例子”的时候。例如，有人是如此为其妻子的疾病所苦恼，以致坏掉了六颗牙齿。他显然应该为自己的下巴还没烂掉而高兴。另一个人只要老是忧虑，在股市就运气不好；只要他停止忧虑，就大捞一把。卡耐基把母牛作为一个绝佳例子，作为那些出轨的丈夫的妻子的榜样，因为母牛“不会仅仅因为公牛看中另一头母牛而激怒”。总的来说，他举的例子生动地概括了《匹克威克外传》中“戒酒协会”提交的报告。去找来翻翻吧——第二卷，第四节[1]。如果你家里没有《匹克威克外传》，我甚至连听也不想听。

《如何停止忧虑并开始生活》，戴尔·卡耐基著，帕维尔·齐哈瓦译自英语，华沙：埃姆卡工作室，1995年。

1 原著第三十三章。

意外之财

有各种各样的日记。例如，维托尔德·贡布罗维奇写的日记，从一开始就是想着要出版的，因此在作者死后没有引起任何问题。它只包含作者心里想的东西，并完全按照他的意图表达出来。作私人用途的日记，情况就糟糕多了。它们是在没有文学化妆品和自我审查的情况下写的，仅仅是为了整理一下刚过去的一天，为了应付各种形式的压力——并隐藏起来，不给哪怕最亲近的人看。托马斯·曼终其一生都写这样的日记。他显然设法销毁了其中一部分，并打算稍后销毁其他部分，但要么忘了，要么不在乎。我们作为读者，现在可以自由地查看他的自白，这当然是与偷窥和偷听别人的秘密这个伟大、尽管模棱两可的乐趣联系在一起的。我想起日记在德国出版时引起的巨大骚动。大家都忙着去翻查这位作家所有的错误和过失，他的情感纠葛，他的仓促判断，他的优柔寡断，他的爱发脾气，他显露的专横的自我主义，以及其他种种缺陷。检查你自己的良心是很困难的，但审查别人的良心则是无痛苦的，并且总是证实我们的一个信念，也即我们是更好的。因此大家都充分利用这里提供的意外之财。有人甚至指控这位伟大作家犯了一项真正使人松一口气的罪行：他对自己的写作的担忧要远远多于他对别人的写作的担忧……在目前这个波兰译本的《托马斯·曼日记》中，卓越的译者还写了一篇导言，同样忍不住要巨细无遗地枚举这位作家的种种弱点：他是怎样未能尽到哥哥、丈夫、父亲、朋友、同事、公民以及人类代表的责任的？由于导言不长，因此这些缺陷被迫屈从于压缩。在《托马斯·曼日记》正文中，它们远远没有挤得这么紧。此外，事实表明，并非所有对别人的苛刻评断都是妄自尊大的，并非每一种恐惧或怀疑都是无节制的想象力的产物，并非所有疾病都是臆想症，并非他经历的所有悲剧都只是源自主观原因。还有，作家很想履行压在他身上的种种责任，尽管他并不总是能够做到，有时候根本就做不到。不过，最后我必须承认，托马斯·曼肯定不是什么天使。尚有一个问题：事实上是否存在着任何由天使创造的类似于文学的东西？我自己没有那么幸运，尚未遇见它。在某些书中，所有迷住我、逗乐我、感动我、引起我思考或在生活中给我带来一定帮助的东西，都是非常不完美的凡人创造的。

《托马斯·曼日记》，第一至第三卷，伊雷娜和埃贡·纳加诺夫斯基译自德语，波兹南：雷比斯出版社，1995 年。

威廉·考尔夫

威廉·考尔夫。这是谁？某个政客、歌手、演员、国际骗子？我们周围无穷尽地飞舞着如此多的名字。它们左耳入右耳出。我们第二天就差不多把它们都忘了。我们不用操心。我们相信某种公正的“时间的沙漏”，它会把沙子漏掉，只剩下底部的金块——真正值得知道的名字。这是一个可爱的形象，但是它真的总是得到证实吗？我怀疑沙漏这里那里有破洞，偶尔会有金块随着沙子漏掉。威廉·考尔夫是一个也许只有少数专家才会知道的名字，除此没人认识，尽管这个名字应在集体记忆中占一个永久席位。考尔夫是一位荷兰医生，发明并制造了第一个人工肾。这个器具（不错，仍有点笨重）如今依然是那些等待器官移植的病人的唯一希望。考尔夫甚至做梦也没想到移植。他感兴趣的是补偿病弱、功能失调的肾，直到它们治愈（运气好的话！）并恢复原有的功能。考尔夫从事其最初实验的条件是相当恐怖的。实验是在一家设备不全，根本不适合做这类异想天开的实验的小型地方医院进行的——并且是在纳粹占领期间。一切都短缺：皮下注射针（并且还因重复使用而生锈）、橡皮管和其他必要的器皿。该机器的某些零件不得不向当地箍桶匠定制，搪瓷锡做的部件是非法向附近一家小工厂采购的。从一家屠宰店偷来的人造香肠肠衣被用来过滤中毒的血——即是说，那是机器的主要组成部分。肠衣频频爆破，来自透析的血和液体会流淌在地板上。职员站在放置于他们脚下的砖头上等候数小时，因为不用说他们同样没有防水靴。到处都是德国人在监视一切。认为秘密手术室 12A 的职员是在为全人类谋利益，这种励志话对他们来说意义不大。你应该为第三帝国工作，干其他事情都会被怀疑是在搞破坏。考尔夫的实验没有立即取得成功，但随后每一次努力都延长了病人的生命——延长一两天或一周。胜利终于在战争结束之后一年来临：第一个病人因为人工肾而获救。不久之后，考尔夫和他的机器前往美国，他在美国继续改进它和使它现代化。自此之后，这个机器救了成千上万人的生命，具体多少实在无法计算……于尔根·托瓦尔德这本书如同其书名所表明的，讲的是病人，但他有时候当然也会谈到医生。我就是这样偶然知道威廉·考尔夫的，而不知怎的，我禁不住要写写他。尤其是因为我在我们那部《世界大百科全书》中找不到任何关于他的资料，就连一两行也欠奉。

《病人》，于尔根·托瓦尔德著，米奇斯瓦夫·奥津布洛夫斯基译自德语，克拉科夫：文学出版社，1994年。

汉穆拉比和之后

历史学家对汉穆拉比所知甚多，他是古代巴比伦国王，生活在三千七百多年前，是著名的《汉穆拉比法典》（以下简称《法典》）的作者，或者更准确地说，是《法典》的启发者。我们门外汉几乎什么也不知道，只知道他是极其严厉和无情的立法者的典范。当然了，但是那时候的古代法律并没有更轻柔。如果那时候某个地方的法律确实较为宽容，那我们就应该以快乐的吃惊来接受这种新鲜事。汉穆拉比只不过幸运地（同时也是不幸地）下达命令，要求把他的法律刻在用闪长岩做的耐久的石碑上。其中一块石碑几乎完整地保存下来，他也因此与一种坏名声脱不了干系，被认为是一个前所未有的横行霸道者。除了一个言辞浮夸的导言和结语外，该《法典》文本包括二百八十二个段落。我数了一下，共有三十六种可判死刑的罪，以及十六种主张使肇事者永久致残的罪。其余罪行则被处以没收财产、流放或各种数目的罚款。一如我们所知道的，巴比伦的刽子手靠这个行当谋生。但我们不应该被我们的优越感冲昏头脑。在当今无数国家，刽子手依然忙得不可开交。无数法官动不动就宣布判处极刑，而不必去考虑考虑诸如“无罪推定”“辩方权利”“减罪情节”等芝麻小事……但还是说回《法典》吧。读者被某种理性所震撼——不错，原始的，但毕竟是理性。例如，只有一段是处理巫术的。被告是用水来审判的。如果他活着出来，则原告就会被处死。嗯，在还不是很久以前，原告的完全豁免权依然是巫术审判背后的推动力。《法典》对动物的处理也值得一提。如果一只动物造成某人死亡或致残，只有动物的主人须对事件负责。然而，迟至中世纪，我们还能发现针对动物的怪异审判和处决。对汉穆拉比来说，至少动物是无辜的，而主人也只是以疏忽罪被处罚。人们还因为其他疏忽而被处罚：未耕种的田地、未填塞漏洞的堤坝、未及时施肥的果园。另一方面，他们不必承担洪水、干旱和瘟疫等自然灾害的责任。这类灾祸是按照诸神的命令降临人间的。而哪怕是我们的二十世纪，在极端危险和恐慌的时刻，魔幻思维有时候会重获其对人们的影响力，连带以不加约束的冲动，通过寻找一个又一个替罪羊的方式来缓解他们的无助和绝望。现在，该引用一下希罗多德来结束本文了。话说在一千三百年后降临汉穆拉比的土地的波斯统治者薛西斯，很不幸，竟然不知道他的《法典》。在他远征希腊期间，他命令他的部队在达达尼尔海峡架起一座桥，但汹涌的大海很快把那座桥撞碎。这位国王勃然大怒，下令把工程师们斩首，而大海则被处以鞭刑，以及通过往水里扔枷锁来把它永远囚禁起来。换句话说，人们因为建了一座如此差的桥而被处罚，但大海则因为摧毁这样一座壮观的桥而受处罚……汉穆拉比的逻辑显然略高一筹。

《汉穆拉比法典》，马克·斯滕平译、序及评（全都非常有趣），华沙：阿尔法出版社，1996 年。

迪士尼乐园

最早发现洞穴的当然是那些能够在黑暗中找路的动物。已经失去这个能力的洞穴人，无法冒险进入太深的洞穴。他们只能守在边缘。不是说他们没胆量，而是说他们根本就没有手电筒。他们手头可供使用的光，包括树脂质的木屑和灯油，两者都很容易被经过的微风吹灭。由于只有这样的设备，因此诸如深入黑水湖里寻找进入下一个岩穴的入口，或挤着身子穿过地下裂缝这样的显赫功绩，根本就不可能。洞穴总是引起我们的好奇，但这正是直到二十世纪才真正展开对洞穴的系统性勘探和研究的原因。这种勘探和研究持续至今，因为未知的洞穴仍然要比已知的洞穴多。那些熟悉、可进入、做了防塌加固的洞穴，如今已成为旅游胜地。特制的窄轨铁路输送游客，岩洞本身则配备了各种桥梁、缆椅、扶手、风景如画的中途站等等。当然还需要聚光灯，以便在黑暗中突显那些壮丽的形状和微妙的色彩。需要？也许吧。但我们真的需要开始在某些洞穴里亮起的灯光吗？要是灯光能保持中性，顺从于我们要观看的东西就好了。很不幸，并非总是这样。如果岩石是锈迹斑斑的，有色的聚光灯就会使它变得甚至更红。如果你碰见石灰石中有某些精致的青瓷色、黄色、粉红色，聚光灯就会把它们的色泽加强十倍。如果石头白如雪，聚光灯就会给它来点淡淡的颜色。迪士尼乐园正在入侵我们的洞穴。没有什么被保持在其自然状态，供我们识别和感受。啊，有时候你甚至能听到一点儿背景音乐。因为当然喽，迪士尼乐园同样无法忍受宁静。一切都必须是光明和活泼的。否则自然现象可能就会保留它们固有的尊严……而既然我谈到这个问题，我不妨提一提，迪士尼乐园还开始入侵艺术博物馆，那里古代雕塑的情况是最糟糕的。你看到雕像、躯干、半身像都被聚光灯添加了些许的天蓝色，少许的橙黄色。这样它们就会“更可爱……”我希望是我错了，但我觉得这会使我们的眼睛更愚钝。

《洞穴》，戴维·E. 波特纳著，马雷克·日布里译，地图出版社，1995 年。

人性的拥抱

作者给人一个印象，觉得她是一个真诚相信她正在写的东西的人，而她写道，如果人们花更多时间互相拥抱，他们就会无与伦比地更快乐。她想到的是友好的拥抱，没有任何隐秘的动机。当然啦，那还用说……只不过我对她呼吁在时间和空间中加强这些拥抱有点儿气馁罢了。我们都知道，一个太经常重复的姿态会逐渐变成陈套，失去其更深的意义。在美国电视连续剧中，每三秒半就有一人投入另一个人的怀抱，这当然并不意味着早前的诡计、嫌隙和误解都已经被忘得一干二净，而计划中的二十集连续剧将提前收档。在真实生活中也是如此。在这里，有件事我们波兰人尤其不应忘记。我们从未像在十八世纪我们的撒克逊时期那样集体地、热切地、响亮地互相拥抱，但不知怎的，并没有得到什么好报。

凯瑟琳·基廷是一个美国人，更容易流露热情。我们在这本小书中看到一些具体指导，应该拥抱什么人，在什么地点，什么时间，以什么方式，为了什么。但让我们一件件说吧。什么人——显然，任何不挣扎的人；什么时间和地点——不用说，当然是任何时间任何地点。在车间，厨房，电影院门口和电影院里，演讲厅，委员会会议上（！），追赶（？）公交车的时候，甚至摘草莓（！！）的时候，在邮局分拣信件的时候（?！），甚至（她怎么会想到这个）进行考古挖掘的时候。以什么方式——啊，任何一种方式。有“熊”抱、“三文治”抱、侧身抱、前后抱，还有很多很多种抱法。为什么我们应该做这一切呢？很自然，表达我们的民主和利他主义感情，而如果我们碰巧在大自然的怀抱中拥抱的话，还表达我们的生态感情。此外，用我们的双臂互相环抱，还强化我们的神经系统，分散我们对吃的注意力（而这反过来有利于我们保持身材苗条），通过迫使我们表演各种活动而发展我们的肌肉，以及延缓衰老过程。我怎敢奚落如此令人愉悦的承诺呢？不过，我承认，一想到这位作者生活在遥远的地方，在大洋彼岸，我就不禁松了一口气。如果她是我的邻居，更有甚者，如果她碰巧喜欢园艺，当她正背对着我挖土的时候，我岂不是要偷偷溜出屋外躲一躲，否则的话，我就很难逃避那必不可少的感情袭击，还不止呢，我还得被迫作出回应。如此一来，我们一天就得有好几次落入彼此怀中。她无疑希望使我恢复青春，而我一只眼睛望着那花园，它——天知道——将来也许会被挖出一些什么？

《拥抱小识》，凯瑟琳·基廷著，米米·诺兰插图，达留什·罗索夫斯基译自英语，拉维出版社，1995 年。

真实与虚构

最早的希腊哲学家之一毕达哥拉斯几乎是一个被完全神话了的人物。我们只知道他生活在公元前六世纪，知道他一定与东方思想家有过接触，知道他创立一个学派，该学派在其所有著作中都引述他的话。我们还知道他没有写下他的学说，只是在他死后出现的旁经中阐述他的理念。因此哲学史家更喜欢谈论毕达哥拉斯学派哲学而不是毕达哥拉斯本人的哲学。有些人甚至怀疑传统上被认为是属于他的著作的真实性……这很可能有点矫枉过正了。这位大师一定是一个不同凡响的人，有令人印象深刻的学术资历，才能够创立一个学派并吸引追随者。并不是任何人都满身传奇。他同时使他的学派朝着两个方向运作：它既与最大限度精确的科学（几何学、声学、天文学）打交道，又与实际上不能证实的各种形而上学思辨打交道。那是一个两者不会互相妨碍的时代。“感觉和信仰对我的吸引力，要比智者的透镜和眼睛强得多……”[1]毕达哥拉斯信徒会对这类说法大惑不解。这是哪种选择？为什么你非得站边呢？虽然我不是毕达哥拉斯信徒，但是我承认这类浪漫主义措辞也有点惹怒我。毕竟，科学（即是说，被鄙视的“透镜和眼睛”）如果没有想象力、直觉和一种想揭示神秘事物的理智上的意愿——即是说，如果没有“感觉和信仰”所包含的一切——就不可能有任何成就。诗歌也同样不能被归入某一边。我可以轻易地想象一部由世界诗歌中最美丽的篇章构成的选集，是能够为毕达哥拉斯定理腾出空间的。为什么不呢？它点燃了成为伟大诗歌的标志的火花，它的形式只有最必要的词语才可以与之媲美，而它具备一种甚至不是每一个诗人都有幸获得的优雅……毕达哥拉斯创立的学派持续了将近二百年，之后还时不时以各种不同方式复活。这位大师的崇拜者继续蓬勃发展，他一部接一部的传记累积愈来愈丰富的修饰。最近两部传记

1 出自密茨凯维奇的诗《浪漫主义》，又译《浪漫性》。

可追溯至公元三世纪，那时，它们仍充满着各种奇迹。毕达哥拉斯不再是一个普通凡人，而是被提升到阿波罗的儿子的高度，最后变成了阿波罗本人，暂时化身为人类。有了这个系谱，毕达哥拉斯终于可以无拘无束了：他与水和动物交谈；他把天空里的鹰拽下来，鹰便安静地栖息在他手上；他平息风暴，预测未来，回忆前世，甚至——这肯定要比上述任何奇迹艰难——喝令停止他在漫游中碰巧遇到的每一个暴政。但是，不用说，奇迹消失了，一切恢复原样。从毕达哥拉斯那里我们得到的只有（我喜欢这个“只有”！）他著名的定理。还有作为红利，一个想法首次在欧洲天空下表达出来：“一切生物都彼此相似。”

《毕达哥拉斯传记汇编》，波尔菲里奥、扬布里科斯、无名氏著，雅尼娜·盖达-克雷尼茨卡译、作序及评论，艾普西隆出版社，1993年。

王子的双脚，且不说其他身体部位

这本概论里隐藏着一个惊喜。我不想说在哪里，因为这样一来，亲爱的读者，你就会立刻去查找它。那就别急吧。这本书的副标题是——从中世纪到二十世纪的身体卫生。应该加上“在法国”才对，因为作者只利用法国编年史、书信、回忆录和医学巨著来得出他的结论。但我们会猜测，卫生的历史在所有欧洲国家应该是大同小异的。在中世纪，人们确实偶尔会沐浴。有时候公共浴室在大城市繁荣起来，但最终都在十五世纪因为周期性再现的瘟疫而关门大吉。我们可能会天真地以为，浴室的顾客们可以像在家中那样好好洗澡。但人们已不再在家中洗澡。据当时的理论，水不仅是瘟疫蔓延的罪魁祸首，它还是所有各式各样的疾病的元凶，这些疾病以瘴气的形式，通过毫无防御力的皮肤，渗透内脏。十六、十七世纪，甚至十八世纪某些部分，是难以想象地肮脏的人们的时代。固然，新生婴儿在出生后有洗涤，但是之后他们又立即被用一种软体动物做的糨糊擦干净，以便消除浴水的邪恶效果。未来的路易十三世国王的双脚，是在这位年轻王子六岁生日之后某个时候才第一次洗的。某位女士曾经写到路易的父亲亨利四世，说“他就像一团臭肉”。由于当时所有侍臣都发臭，所以这位国王的臭味一定是特别浓烈。那时，干净包括以白手绢抹皮肤和使用香味。水只是轻揩在脸上和手上。如果有人决定一两年洗一次澡，便会是一件大事，会在事先事后被讨论很久。一家之主会先踏进水里，然后是夫人，然后是他们的父母，然后是从大到小的子女，他们会浸浴在同一液体里，最后才是仆人。如果有些家族坚持更经常地洗澡，他们就必须把这种热情隐藏起来，以免被认为是堕落或放荡。我有时候想起那些力求忠实地再现那个时代的历史电影。演员们穿戴着借鉴自旧肖像的服饰和假发散步。布景和道具都无可挑剔。但是尚未见有任何一位导演下决心去展示湿疹、真菌和疥癣、被理发师肮脏的手指感染的脓疱，以及最后但并非最不重要的虱子，这些虱子在愉悦的烛光晚餐期间一定会屡次跳进某个人的汤里。这样的电影最终会使人难以忍受。英雄时刻或爱情场面将不会把现代观众感动得流泪，而是会使他们恶心得要作呕……终于来到文首承诺的惊喜了。女士们先生们，伟大的米歇尔·蒙田属于那些不反感水的怪人之一。米歇尔·蒙田洗澡！经常地！主动地！无视他那个完全被污垢覆盖的时代！我掷笔惊叹。

《干净与肮脏》，乔治·维加雷洛著，译自法语（有时候译得很差），华沙：W.A.B. 出版社，1996 年。

他们是

一场不愉快的死后冒险发生在某个住在杜塞尔多夫附近的十七世纪德国诗人身上。他叫作约瑟夫·诺伊曼，但他写诗用的笔名叫作尼安德，也即希腊语中相当于这个平凡的诺伊曼的名称。他死时，当地人以一种感人的方式赋予他荣耀：他们把一个可爱的岩溶山谷命名为尼安德，显然是因为他生前经常穿过这个山谷散步。可是这项努力突然间被白白葬送了。自十九世纪中叶以来，人们不是把该山谷与这位和善的诗人联系起来，而是把它与在那里发现的一块头骨联系起来。那块头骨属于一种也在该地区散步的生物——只不过该生物的散步早了数万年。愈来愈频繁和受到愈来愈谨慎监测的考古发掘证实，这些如今被称为尼安德特人的生物，居住在欧洲和亚洲西部广大的地区。他们甚至分拆成不同部族，有不同的文化，并慢慢发展他们的技能。最初，人类学家认为他们是猿人，最后他们被升格为智人。但这是一种实验性的智人，是曾在非洲发展、当时正开始要征服世界的人类也即我们大家无一例外所属的人类的候补者。科学早就把尼安德特人的灭绝与我们这新来者联系起来。和平解决的理论认为，尼安德特人不是被灭绝，而只是被混合到新人口里。该理论在最近数年内实际上已被揭穿。基因研究证明杂交繁殖是不可能的。另一种理论则仍未被排除，也许永远不会被排除，尽管还好它有些漏洞。它宣称，新人类在历史竞技场的登台，是以大规模屠杀当地居民开始的。“大屠杀”这个可怕的词甚至被提及……但大屠杀是指有计划、有目标的行动。而我们知道，这两种人口比邻而居了一千年，甚至轮流占据同一个地域。新人类并不是立即就显露其对旧人类的无可置疑的优越性。有一个时期，双方的命运都悬而未决。不过，有一个事实是，旧人类终于失败了，迁移到更贫困的猎场。最后的尼安德特人骨架显示有严重营养不良的迹象。詹姆斯·施里夫这本书是客观、称职的普及化的典范。施里夫访问了属于那些时期的每一个可能的发掘现场，勤勉地出席每一次国际会议，追踪激烈的辩论，并且在采访专家时知道该向谁问什么。然而仍有很多问题没有解决。例如，尼安德特人会说话吗？很可能会。他们形成哪种社会关系？是什么塑造他们的精神生活？他们的信仰呢？他们的世界观呢？他们对自我的意识呢？这些看上去像是无聊的猜想，但这本书表明这类问题有其科学根据。不过，我找不到一个问题：尼安德特人哭吗？他们的泪腺是否已经对痛苦作出反应，以及更重要的，对各种各样的悲惨和不幸作出反应？他们也许无法用准确的名字称呼它们——但这有什么值得吃惊的呢？我自己有时候也有这类麻烦。

《尼安德特人之谜》，詹姆斯·施里夫著，卡罗尔·萨巴思译自英语，普鲁申斯基出版公司，1998年。

整数年份

在九世纪，西欧陷于一种近于致命的崩溃。在南边，它饱受萨拉森人进攻和征服的困扰；在北边和南边，则是诺曼人的袭击；在东边，有匈牙利人的入侵。城镇遭掠夺和焚毁，教堂被夷平，贸易和农业陷于停顿。到处是饥荒和残暴。查理曼大帝的业绩只留在记忆中。在十世纪，局势稍微稳定，人们开始慢慢从废墟里爬出来。骑士阶级开始发展，尚有随之而来的封建制度，该制度相对于之前的无政府状态，无疑是巨大的改善。正是在这个时刻，有关启示录预言的世界末日即将来临的谣言开始满天飞……公元一千年是被各种不祥征兆迎来的，这些征兆表明敌基督将取得短暂但恐怖的统治。那时旧世界将会灭亡，新世界将会取而代之，无上荣耀的基督将会降临。因此他们必须留意这些征兆。当然喽，一向都有地震和日食月食，双头牛犊诞生于这个或那个牛棚。但现在，这些现象全都变成凶兆，预示着末日将临。同样地，从来就不缺的异端者和宗派主义者摇身变成了敌基督的密使。因此，公元一千年一定是在排山倒海的恐怖、紧张的忏悔和突如其来的慌张中度过的，人们都在做最坏的准备。就是说，后来的传统至少会做出如上描述，因为说来也奇怪，当时的编年史家（他们人数寥寥无几）竟然对此只字不提，尽管他们详细记录了之前历年和之后历年的大事……本书作者是法国著名的中世纪史研究者，他非常有说服力地解释了这个缺失：由于这一年没有兑现预言，因此记录实际发生的事情似乎愚不可及……本书的出版，可谓适逢其时，因为第二个千年即将来临，很多人心中充满了末世论的预言。我不觉得自己能胜任做比较和分析。我只知道，现代人依然保留古代人对整数年份的爱好。他们认为旧事物应该结束，新事物应该开始。三封我近期收到的书信，证实了这点。第一封完全客观公正地通知我，世界末日即将来临，最终会停止显然被我用来虚度一生时光的愚蠢消遣。第二封信（实际上是一件厚厚的包裹）详细描述了寄件人近期经历过的种种启示。他把自己视为一个简单的人，在写作上遇到麻烦，这就是为什么他要求我校正他在拼写上和风格上的错误，并立即把修改稿寄回给他。第三封信通知我，世界末日是一项资本支出。因此，正忙于宣布这个不愉快消息的寄件人给我提供了他在尘世的银行账号并具体列明必要的总数。其他书信正在途中。

《公元一千年》，乔治·迪比著，玛乌格热塔·马莱维奇译自法语，书卷出版社，1997年。

女法老

很久以前——不是很久以前……视乎是谁在讲话和他们心中想到什么而定。“很久以前”的意思，对一位天文学家与一位人类学家来说，是有所不同的，对某个试图唤起第二次世界大战记忆的人来说，又不大一样。如果他是亲身经历这场战争，则这场战争就绝不是很久以前。如果他是战后出生的，那它就仿佛是古代历史。在涉及这类感觉时，编年史并非总是依从时间顺序。就我而言，中世纪的历史学家似乎比罗马帝国的历史学家更遥远。波兰编年史家文岑蒂·卡德武贝克肯定比塔西佗还老。但还是言归正传吧。哈特舍普苏女王在三千年前统治埃及。作为法老的遗孀，她原应只是照看他从前一次婚姻遗下的小儿子。她很快便作出另外的决定，宣布自己是法老——无疑得到某个宫廷阴谋集团的支持。但是在古埃及，女人当法老绝对是不可想象的。因此她必须改变性别，以符合公共目的。她只要走出卧室，就戴上假胡子，穿男人的超短裙。你不妨想象英国女王必须戴上假胡子，穿上笨重的十二号鞋，在议会发表年度演说……很明显，自这类伪装以来，我们已走了很远，因此我们有充分理由认为三千年前发生的，确实是很久以前的事情了。然而我们不会以同样的方式看待同一个时期的另一个插曲。它仿佛发生在昨天。在哈特舍普苏死后不久（至于她是自然死还是仓促死则无人知晓），他们便干劲十足地着手把她的名字从法老名单上抹去。任何刻有她的名字的柱头涡卷装饰，任何她作为法老的画像，任何关于她的文字记录，都尽数销毁。从其他资料来源，我们非常清楚地了解这类事情。在我们二十世纪的绝大部分时间里，不受欢迎的政治人物也同样被迫在一夜之间从公众记忆中消失。报纸和百科全书再也看不到他们的名字，他们在集体照中的位置，被突然长出的棕榈树取代。不仅如此，我怀疑这种情况还将继续在这里或那里发生。修改历史以满足现在的需求，是所有暴政的铁律。幸亏它们很少成功。就哈特舍普苏的例子而言，一些不起眼的细节被忽略了。现在她又回到法老名单上，如今埃及古物学家只争论她是不是真止的实际统治者，如果是的话，那她有什么成就。她肯定有她的成就（如果不杀你原可以杀的某人，也算是一项成就的话）：她的继子留存下来，并且显然经过得体的打扮，成了法老。

《哈特舍普苏：女法老》，乔伊斯·蒂尔德斯利著，埃娃·维特奇卡译自英语，阿尔法出版社，1999年。

猫音乐

这是一个人所共知的事实：为了遵照医嘱，你必须健康如一匹马。大多数未检查出的疾病没被发现，是因为人们厌恶医疗检查和令人精疲力竭的治疗。但是，与其他时代采用的治疗相比，这些都算不了什么。我不想在这里嘲笑被吞服的药丸的成分，或以脏手指和无麻醉做的手术。终极而言，我们今天对疾病的了解依然非常少。但这还不是最糟糕的。最糟糕的事情莫过于在很长时间里没人想进一步去了解。整个十七世纪和将近四分之三的十八世纪，就医学而言，是一个知识停滞的时期。人们依赖古人的权威：如果古人的书籍里没有提到它，它就根本不存在。而鉴于当时对哈维发现的血液循环一无所知，也对詹纳已开始施用的治疗天花的疫苗一无所知，因此官方医学拒绝承认这些新发明长达数十年之久。宗教迷信强化了这种抵制。我在某处读到，患上疟疾的克伦威尔拒绝服用其退热效果已为人所知的金鸡纳树皮。他只有一个理由：该药物是以“耶稣会士的粉末”之名抵达英国的……法国的情况又如何呢？诚然，法国总算已经生产了莫里哀了，但法国医生的思维依然未被这项功绩改变。法国档案里找到了一件真正的珍品：路易十四的“健康日志”，这是由他历任私人医生记录的。在六十多年间，他们系统性地记录他的疾病和对这些疾病的治疗方法。读者毛发倒竖。在这期间，陛下做了超过两千次灌肠术。除了灌肠术，还服用各种催吐药。此外，他们还大肆替他放血，哪怕是他觉得身体很好的时候，也要“作为一种预防措施”替他放血，以便消除微生物……然后，不用说，还要治疗这种治疗带来的后果，接着，治疗这种治疗后果带来的后果。这位国王一定是一种极其健壮的品种，在遗传上大概被设定为可以活到一百二十岁左右，因为哪怕是受到这类层出不穷的方法的折磨，他竟然还能活到将近八十岁。他的子民都年纪轻轻就死去。平均预期寿命是二十八岁。当一对青年男女结婚，一般来说他们的四个父母之中只有一人还活着。每四个儿童就有一个在一岁内夭折。不过，情况还是稍微有些改善。医院被要求一张床不得安置两个以上的病人，而以前是一张床安置三四个人。同样可喜的是，精神病人不再被关在笼子里。他们挤进了特别为此而设计的大厅里，只不过，唉，却是让这些语无伦次的疯子与忧郁症患者济济一堂。真正关心他们的康乐状态的医生，也确实会时不时来探视他们。在较富裕的医院，甚至出现了所谓的猫钢琴。活猫充当弦乐器[1]——每按一下键盘，猫就会可怜地咪叫。显然，这会在那座地狱里的听众们中间挑起预期的快感。

《早期医疗实践：十七世纪和十八世纪的医生、圣人和术士》，弗朗索瓦·勒布伦著，索菲娅·波德戈尔斯卡-克拉瓦译自法语，书卷出版社，1997 年。

1 指猫排成一线，尾巴伸到键盘下，所以每次按下一个键盘，猫就会叫。不同的猫会叫出不同的音调。

复数的世界末日

看来，应许中的世界末日再次没有降临。然而，没有人对可敬和可贵的大众表示遗憾，门票也不会退还。不管怎样，迄今为止实际发生在地球上的所有世界末日都是不宣而至的。例如，伟大的爬行动物的世界末日发生在约一千七百万年前。此前和此后，这类动物都因为另一些世界末日而大幅减少。大约一亿年前，蛇颈龙已经灭绝。我们也许会认为，是地球和宇宙的力量决定迫害超重的爬行动物。根本没有这回事。体形一点也不惹眼的瘦巴巴的动物，也因为各种各样的地球气候灾难而消亡。古生物学家识别了十六目爬行动物，我们只需指出仅有四目活到今天就够了。那些无可挽回地消失的目，并非孤立地消失；它们是与各种原始两栖动物、植物、昆虫一起消失的，更别说古鱼类和无数其他形式的水生动物。我家里有一本关于化石的书——读它就像读一份庞大的集体讣告。所有那些笔石、海蕾、肢口纲、三叶虫、箭石、菊石、锥石亚纲和横板珊瑚亚纲都消失了，如果不是在寒武纪，就是在奥陶纪，如果不是在志留纪，就是在二叠纪，而如果是在侏罗纪，那就是要么在上侏罗纪、中侏罗纪，要么在下侏罗纪。同样地，在第三纪和第四纪，大自然忙得不可开交，热情地毁灭她较早时热情地创造的东西。到第四纪临尾时，我们便出现了，即是说，忙于建设文明的人类。而我们还未好好环顾四周，便发现我们已在忙于协助大自然进行更具毁灭性的工作。但这是另一个故事，最适合在十二月某个阴沉的日子讲。与此同时，虽然现在还是夏天，但天气很好，笔者正在乡间度假，并且我们从草地散步回来，边走边说话。一只小蜥蜴在通往我房子的台阶上晒太阳。我还来不及好好看一眼它，它便先看见我，并以闪电的速度，惊人的灵巧弹跳，跃入深草里。太扫兴了——我很想问问它，它是如何从那些世界末日中未受伤害地逃脱的，尤其是那些似乎特别针对它和它的亲戚们的世界末日。我知道我不会得到答案。但这并不会妨碍我问其他问题。

当然，如果它是一条宽蛇，而不是一只蜥蜴，那我就会在一个安全距离外问那些问题。

《化石》，卡尔·比尔嫩、格哈德·利希特尔著，约瑟夫·卡齐梅尔恰克编译，地质中心出版社，1997年。

坚果与镀金外壳

伟大的歌手永远是明星。甚至早在明星这个词被发明出来之前。他们的崇拜者极少允许他们双脚触到地面，尽管他们偶尔也确实会砰的一声倒下。他们的拥戴者不仅包括声乐艺术的真正鉴赏家，还包括多不胜数的势利群众，这些势利者鼓掌、尖叫、喝倒彩和昏倒，仅仅因为大家都这样。多明戈、帕瓦罗蒂和卡雷拉斯的出现，表明一切都没有改变——除了大众传媒已把分贝提高了一千倍。在八卦和耸人听闻的行为方面，刘易斯女士这本书完全满足我们的好奇心。它无所不谈：令人叹为观止的成功、争吵、丑闻、后台阴谋、风流韵事。还有相当多的照片——这位或那位公主、香槟招待会上的数百万人、看上去像新欢的某人。这被称为他们的“私生活”，但实际上遮掩那生活的，只是一层薄镀金。镀金之下，是那灰色的硬坚果，也即枯燥无味、坚持不懈、不屈不挠的苦差事。作者极少提及这苦差事。它沉闷、乏味，可话说回来，谁在乎呢。每天的习惯性呼吸练习和声乐练习，与伴奏者排练，与拍档排练，与乐队排练，与经纪人见面，重复、令人厌烦、直到满意为止的唱片录制，服装试穿，无时无刻不保持警惕的采访……以及更多的酒店，每一家都跟以前一百家差不多，以致你最后根本搞不清楚你到底在哪里。我不大相信一个人在这类环境下还能成为一个有效的花花公子。英俊的青年多明戈在特拉维夫度过了将近一年，其间他有两百多场演出，默记五十多个角色。如果这个苦命人获得片刻的自由时间，我怀疑那些注满了硅酮的大胸脯超级模特儿能否趁机挤进去。在一场表演之后，你得好好休息一夜，因为你两天后还有另一场表演，第二天早上还有一个新歌剧和排练。因此，有关这些在别的情况下极富魅力的先生们的情场战果的谣言，有一半不可信。如果不是四分之三不可信……尚有两个麻烦是著名歌手们无法摆脱的。首先是怯场，这要远比"台词"剧院的演员糟糕得多。甚至没有人注意到演员是不是有点感冒了。但是对于歌手，大家立刻就听到了；它成为歌唱生涯开始褪色的先兆。歌手们在镜头面前绽开光彩的微笑，但他们内心正在发抖，如同阔步走向哑铃前的举重运动员。第二个压力是报刊无休止的辩论：谁才是“歌王”，比另外两个更好？……我觉得他们全都唱得极好，三人都是最好的，对他们怀着同样的感激。如果帕瓦罗蒂多感动我一点点，那也是因为他穿着燕尾服的样子就像一只巨大的金龟子，而我对金龟子的魅力有所偏爱。

《三大男高音的私生活》，马西娅·刘易斯著，博任娜·斯托克沃维译自英语，图书世界出版社，1999 年。

让我借这个机会

这本书的书名，还有这本书曾于多年前在美国成为畅销书，都令我震惊。在美国，也即一个吸烟者实际上成为二等公民的国家，人们根本没地方可以吸烟——在工作中，不准；在公共场所，不准；在指定区域，不准，因为根本没有什么指定区域。也许可以在家里，但那也是一个雷区，因为配偶吸烟是提出离婚和获得巨额赡养费的合法理由。一个求职者如果被拍到正在吸烟的照片，就会立即失去候选资格，不管他有什么资历……我相信，作者是一位文学研究者。他查阅有关吸烟的文本，它们出自众多著名作家的手笔。但他的讨论既沉闷又充满荒谬的精神分析。我对这本书的"畅销性"有怀疑，并带着压力承认，我没有从头到尾读完它。我同时看到，现在我有空隙和机会根据我的经验就这个习惯说几句话。

有一个坦白和两个要求。首先坦白：我吸烟，并且已有多年。我后悔，因为这是一个习惯，因此也就局部丧失了个人自由。当我在别人家里，我会要求允许我吸烟，而如果当场有人在那一刻深深叹气，我就会退避到另一个房间，或厕所，或楼梯口，或花园，没有咒骂或责备。作为一个相当成熟的人，我知道吸烟有害健康。烟盒上的警告对我并不是什么新闻。然而，哪怕假定只有吸烟者才会患心脏病和癌症（并非如此），大自然也依然有另外一千种同等肮脏的勾当，叫我们从地球上消失。它可能会让非吸烟者多逗留一会儿——但关于这个问题，只能说这么多……现在是一个要求：亲爱的非吸烟者！在你充满激情地劝阻、警告和禁止的时候，请不要把烟瘾与酒瘾和毒瘾相提并论。这是蛊惑人心。我尚未听说过有任何人在烟草的影响下，在公路上撞倒行人，或经常辱骂妻子和孩子。此外，毒瘾包括逃避现实，而吸烟者则和非吸烟者一样，致力于创造现实。有时候好些，有时候差些，但这取决于他们的才能、机会和性情，而不是取决于他们是否在工作中吸烟。第二个要求：如果一头黑羊，也即一个吸烟者，出现在你们中间，请别创造一个持续整个晚上的场景，请别把它变成与这个吸烟者谈话的唯一主题。毕竟，吸烟并不是他的主要特点。他还有职业、意见、激情、经验和观察，他来探望你并不只是因为你没有烟瘾，而是应该还有其他原因。我想，这种情况恐怕很快就会发生：如果某个人出席你的某个聚会，他——比如说——刚裸体去了一趟北极，回来时竟然没有冻伤，却以一种糟糕得多的方式暴露在你面前——伸手去拿一根烟，你那双警惕的眼睛就会只聚焦于他最后这个动作。接着是没完没了的问题：他为什么吸烟，他何时开始吸烟，他是否尝试戒烟，他为什么没戒成？真丢人。

《香烟是崇高的》，理查德·克莱恩著，亚采克·斯波尔尼译自英语，读者出版社，1998 年。

谈谈裸体

动物们甚至不会尝试使自己的外貌不同于大自然的意图。它们谦逊地穿戴外壳、鳞片、刺尾、羽毛、毛皮和绒毛。就连那些在生命中某些环境和季节里影响它们外貌的变化，也是自动发生的。穿羊皮的狼是一个在寓言世界里嬉戏的形象。在真狼身上不会发生这种事情。那种想改变外貌的有意识的冲动，只有人类才具备。不管怎样，我们尚未遇见过一种如此原始的文化，使我们可以明确断定其创造者仍然处于一种天然的裸体状态。文化的创造者总是试图改变点什么，添加点什么。请注意，所谓的维伦多夫的维纳斯也并非完全裸体。无可否认，她没戴项链和手镯，但她的头发是美丽地卷曲着的。而发型也是一种服饰。对本书作者来说，服饰主要是皮革、织物和其他用来遮盖身体的材料。我会加上文身、刻饰、辫子、羽饰和缤纷的身体彩绘。所以，这一切都明显意味着什么，表示着什么。不管怎样，那是服饰，而不是裸体。从新发现的土地回来的传教士怀着恐惧描述野蛮部族的裸体。但其实他们没人见过真正的裸体者，可能除了新生婴儿。就连这个也是可疑的。新生婴儿会尽快获得辟邪的护身符和他们部族的信物。不妨快速跳到我们自己的时代（跳蚤应该成为本文作者的徽章图案），转而想想裸体在我们中间是什么样子的。很自然地，它发生在众多环境下，但这只是基于某个理由而暂时脱下衣服的裸体。例如，在裸体海滩，你从早上六点半到晚上七点都是裸体的。并且只是在好天气的时候才如此。我曾有机会参观这样一个海滩。结果呢？我没见过一个绝对裸体的人。我看见遮挡阳光使脸不被暴晒的帽子，看见框架精致的眼镜和穿着各种凉鞋的双脚。有些裸体者戴着腕表。因为毕竟你需要知道什么时候得回去，穿上你平时的牛仔裤。

《服饰史》，马格洛纳·图桑-萨马特著，克里斯蒂娜·谢任斯卡-马科维亚克译自德语，W.A.B. 出版社，1998 年。

在放松的魔爪里

休息与放松存在着巨大差别。一个休息的人可做他想做的任何事情：想睡觉就睡，想去林中散步就去，有兴趣读乔伊斯就读。这样的放肆不是放松能够容许的。从职业劳动和其他工作中解放出来的每时每刻，都应该被热情地用于锻炼和按摩，以及为创造合适的锻炼和按摩条件做好准备。女士们先生们，千万别兴之所至。哪怕是想想也不行，因为头脑也必须接受某种按摩。因为放松的目标乃是使我们去到一个不用操心任何事情的地步。这类通俗入门书宣扬的理想，无非是一个健康、休息良好的白痴。他唯一的兴趣目标应该是他自己的身体。很自然地，他需要几则关于外界的消息，而编辑（显然是“专家”）则小心翼翼地提供。因此，“狗是忠实的同伴”，“自然光使房间生辉”，“把家具安排得井然有序，以免妨碍你活动”，“享受大自然的美”，“清除破碎的物件”。有道理，但为什么从英语翻译这一切？难道我们的本土能源不足以达到诸如“呼吸时我们把空气导入肺脏”之类的洞见吗？难道我们需要从牛顿的祖国进口这样的信息吗——说什么大脑由两个半球构成，左边负责“需要思考的任务，例如猜字谜”？不是说我反对任何猜字游戏，而是说一谈到花费心思，就总是拿这些活动作为精神劳累的仅有例子。在放松期间，音乐也是允许的。不过必须是平静和轻柔的，可作为做曲膝运动时愉快的背景。然而，心血来潮的事情，例如参观美术馆，听讲座，看戏，或跟某个不谈热量消耗的人聊天，都被无声地略去。书籍被两次推荐，两次都是作为必要之恶。睡不着时，“尝试读一本安慰人的书，直到你昏昏欲睡”。收拾行李时，“拿本书，以避免在漫长旅途中感到沉闷”。最后，我来个自白。我喜欢休息。也许甚至休息得太多了。但我从来没想过要放松。我甚至搞不清自己缺什么。现在我至少知道了。

《放松：101个忠告》，译自英语，书籍与知识出版社，1998年。

很多问题

某个写过约八十部幻想冒险小说的人（三十五岁之后才开始写作），某个创造了数以百计人物，其中也许有数十个人物被赋予独特性格，两个（我想起谜一样的尼摩船长和迷人的费雷亚斯·福格）被成功地供奉在文学神话的奥林匹斯山上的人，某个将每一刻闲暇用于阅读大量游记和密切注意所有最新技术发明的人——嗯，某个像这样的人还能找到时间去培养他的个人感情、同情、友谊和爱吗？儒勒·凡尔纳的传记作者在回答这些问题时，并不是肯定的。坦率地说，忙碌无比的儒勒·凡尔纳是一个令人反感的人，一个无情的自我主义者，一个家庭暴君，甚至是一个情绪残疾者。他去世时，全世界几代读者哀悼他。而在他居住的亚眠，没人流过一滴真诚的泪。他的家人松了一口气，而那座在别的情况下繁荣的城镇则懒得去出钱建造哪怕是一座普通的纪念像。他的通信集没有替他说什么好话。他恭恭敬敬地给父亲写信，但我们不禁要怀疑，他恭敬的不是父亲其人，而是其钱包。他给母亲的书信似乎更客观。他向她吐露——吐露什么？青春的渴望？爱情最初的激动？没门。他以困扰他的肠胃问题和对粪便的生动描述来款待这位优雅的夫人。等他到了“坠入爱河”和结婚的时候，他的未来新娘唯一值得讨论的优点是她的嫁妆。也许，他给弟弟的书信显示了最大的人类温暖。很不幸，最后一封信，也即他对弟弟之死的反应——弟弟毕竟是他早年最亲密的伙伴——便把这个印象也毁了。在这封慰问变成孤儿的侄儿的信中，只有头两句表达了他对失去弟弟的哀伤。其余都用来抱怨他自己日益衰落的健康，这在那种环境下并不是特别得体的。但这位作家与自己儿子的关系才是最糟糕的。他的后代显然不合他的口味。凡尔纳尽可能与他保持距离。最后，在他自己的努力下，他把十五岁的儿子送去一家恐怖的青少年管教所，并于一年后强行把他打发到一艘驶向地球遥远角落的船上，像一个划桨奴隶似的。现在仍不知道这个可怜的少年究竟做错了什么。如果他确实做了什么，鉴于不管怎样，主要原因还是他那个根本不应该成为任何人父亲的父亲……咳！……这项调查还不够长吗？还有，它真能说明什么吗？例如这个冷酷无情的坏蛋竟能感动和愉悦读者，他是怎样做到的？或这个死硬派保守主义者（更别说沙文主义者）是通过什么奇迹而成为不倦的人类创意的大师，并美丽地描写最不同的民族各成员之间的友谊的？还有呢，这个邪恶的家长是怎样成为他那个时代最受欢迎、最被喜爱的儿童故事作家的？大家都知道，你可以调查你想调查的，但谜依然是谜。

《儒勒·凡尔纳》，埃贝尔·R.洛特曼著，亚采克·吉什恰克译自法语，PIW出版社，1999年。

钢琴和犀牛

健康与精神病之间的界限是模糊的，并且每个时代都有不同的发展。不仅精神病学家，而且历史学家都觉得难以划分。当然，我们都知道精神病最极端的形式是什么样子的。但我们也都知道在不同强度之间存在着各种中间状态，而这些中间状态都比较难以诊断。你从哪里开始？首先，你要定义什么是精神健康，以及总的来说是否存在着从这个角度看是完全“正常”的人？我怀疑。不过，必须补充说，他们的偏离极少以明显的疯狂告终。我们不妨只拿高危的专业群体来说。有两类这样的群体：艺术家和统治者。然而，如果说艺术家的精神错乱有时候会产生某些杰作的话，那么统治者的疯狂就只会产生危机和不幸。我甚至为少数这样疯狂的国王感到难过。如果他们及时改变他们的工作场所，他们也许会达致某种平衡。例如英国的亨利五世。国家事务吓坏他。他陷入长时期的萎靡不振。他忘记自己是谁，自己在哪里，什么也无法使他明白。如果他只是拥有一块菜地，他也许会快乐些，对他和他的人民而言……我也为巴伐利亚的路德维希二世感到难过，他根本就没有统治的能力。他更喜欢他自己那个由代价高昂的幻想构成的世界，并越来越深地沉迷其中。如果他生于某个小康之家，他也许有可能变成一个建筑师，专门为闲时听听音乐的工业家建造炫耀的宫殿。更加离奇的是，当路德维希在可疑环境下溺死湖里，他那位很久以来就说不上拥有健全官能的弟弟被扶上王位。数百年来没人去操心精神病的遗传。所有伟大的王朝都互相关联，表亲结婚是家常便饭。叔叔娶侄女，他们的后代也照这样做。上面提到的亨利的祖父是一个标准的精神分裂症患者，而上面提到的路德维希的姑妈则是一个相信自己曾吞下一架钢琴的女人。我还应该提到唐·卡洛斯，他是王朝近亲通婚的不幸受害者。席勒后来将他不朽化，把他描绘成一个英俊、热爱自由的王子。在现实中，这个西班牙法定继承人是一个身体和精神都退化的人，一个语无伦次的疯子，一个喜欢看用桦树条抽打裸女的施虐狂，并且会亲自把任何惹恼他的人送入阴间，最好是直接从窗口推下去。当修鞋匠带来的鞋太紧，他就强迫他把那双鞋吃下去。如果他登上王位，很难相信他会变成一个谨慎的统治者。但是遗传性的疯狂还不像传染性疯狂那样具有灾难性。这正是人类在二十世纪，在欧洲、亚洲、非洲群起反抗的东西。带病者不是国王，而是独裁者——而独裁政权为繁殖疯狂创造极其有利的条件，这疯狂从独裁者蔓延至一整个民族。对这种流行病的最佳描述，很可能是尤内斯库的《犀牛》。很可惜，这部戏演出这么少，而一旦演出，又往往不是在最需要的地方。

《国王们的疯狂》，薇薇恩·格林著，托马什·莱姆译自英语，文学出版社，2000年。

花边手帕

对我来说，“肥皂剧”不是一个像“西部片”“恐怖片”“侦探片”那样的中性词。早在快到十九世纪末的时候，人们就用这个名字来称呼其艺术价值可疑、精心计算要吸引要求不高的观众的浪漫戏剧。我今天仍然在这个意义上使用这个词。也许我和极少数人一样，落后于时代了。作者不作出这样的区分，并把所有关于爱情的电影称为肥皂剧，不管它是垃圾还是杰作。很难把你自己的感觉强加在别人的喉咙上，因此我不得不向她看齐。不过，我还是希望作者在介绍她挑选和概述的一百部电影时，能够清楚说明譬如说大卫·里恩1945年的电影《相见恨晚》与混杂的《金发维纳斯》没有任何共同点，而《走出非洲》在遗传上与譬如说《麻风病人》是对立的。我也宁愿按年份顺序来编排这些电影，也许会因此产生有趣的东西。按字母顺序，则不会带给我们任何收获。但这一切是否意味着我不喜欢肥皂剧？绝不是。并且这种经典电影越老旧，我就越喜欢。只不过，使我感动和使我感兴趣的，并不完全是过去的编剧、导演和演员心中所希望的。看到早已死去但还稍微活着的美丽的人，我便很感动。他们跳华尔兹舞，目光深深凝视对方的眼睛，奔跑着穿过长满鲜花的草地。还将继续这样下去，直到最后一个拷贝消失……情节并不特别使我感兴趣，但不变的细节把我迷住。女主人公总是带着浓妆去睡觉，第二天早上醒来不留痕迹。她的日子充满各种活动：她读笔记、插花。但当她与丈夫或情人认真谈心的时刻来临，她总是坐在镜子前梳理头发。如果结尾迎来第一个吻，就一切都好。如果电影开始就是吻，悲惨就会随之而来。就在这时，如同古董座钟的布谷鸟那样有规律，某个强烈反对那个吻的人会突然出现。当女人跟心爱的人说，他就要做父亲了，他会以前所未有的吃惊接收这个消息，仿佛第一次意识到小孩是从哪里来似的。女主人公有时候陷入贫困中，在饥饿中蹒跚，但绝不会被人逮到她连续两天穿同一套衣服蹒跚着。有时候，唉，她也会生病和死去。肥皂剧认为肺结核是最合适的疾病形式。因此，这些美丽的明星给人留下在容光焕发中死去的印象。男人一般都免于器质性疾病。他们通常都生于宫殿或小屋，带着刀伤或枪伤。这个时候他们心爱的人带着微笑抹去他们眉头的汗水。其他治疗措施在肥皂剧中没有施用。啊，还有那些匿名信。匿名信必须被立即和无条件地相信，解释应尽可能不给。否则电影会太快结束，观众就得提早回家。而在真实生活中，如同在肥皂剧中，提早抵达可能会招来麻烦。

《一百部肥皂剧》，格拉日娜·斯塔霍夫纳著，拉比德出版社，2000年。

登山

我是数学白痴——那我为什么还要接触一本其情节主要包括对我来说是难以理解的方程式、图表和一览表的书？有两个理由。第一，因为这些令人费解的猜想有它们的英雄，有关他们命运的故事值得一读。主角当然是与书名同名的皮埃尔·德·费马，一位十七世纪的法国数学家，多部开拓性著作的作者。但如果不是因为他的笔记堆中有一个定理被发现，从而确保了他的名声，大概也就不会有人记得他这些著作了。这些著作还暗示，他已证明了他的定理。很不幸，找不到这方面的记录。现在有人认为，几乎可以肯定费马尚未解决这个问题。数学家们还得走几十步小步和几步大步。这个旅程很艰难，持续了超过三个半世纪。沿途上演了每一种人类戏剧：为时过早的胜利、破灭的希望、并非总是开诚布公的各种敌对。甚至造成一次自杀和一次决斗。但也激发了出色的学院团队精神、无私的合作、令人惊叹的聪明才智、可敬可佩的毅力。最有能力的头脑都在钻研这个难解之谜。只有才华横溢的高斯在两周后放弃。他很快就意识到，要证明这个定理，就得运用一些至今尚不为人知的方法，而如果让他亲自想通和验证它们，他就得再活两百年，并搁下其他所有事情。可以说，他寿命还挺长，活到七十八岁，其中七十五年献身于数学研究。不，这不是打字错误——高斯三岁就作为令人震惊的神童进入数字王国……我买这本书的第二个理由：几个月前，我观看“地球频道”上的一个节目，亲眼见到一个叫作安德鲁·维尔斯的英国人，他终于在 1995 年解决了这个问题。他总共花了八年时间研究这个问题，其中七年是秘密地研究。当他发现他已经成功了，他便把他的研究结果送到各大数学中心。很不幸，一个小疏忽被发现，于是整个建构便像满屋纸牌般倒下。换作是别人，会绝望地放弃，但不是维尔斯教授。他又以疯狂的坚持不懈，做了另一年研究，处于绝对孤独中，远离世界的纷扰。瞧啊，这一回他可以灵光一闪地叫一声：我发现了！我着迷地看着他。他虽然已经四十岁，但看上去就像个小男生，在被叫去黑板前时，还不人敢完全肯定二加二是不是等于四。他们没拍摄他太太，但她肯定是那个替他系领带和鞋带的人。她一定会是一个已经与这些事实和平共处的人。谁知道呢，如果她哪怕离家一天，她丈夫可能就会打电话给朋友，请教怎样烧水泡茶，以及哪些壶是用于哪些……如果我激发任何人读这本书，我只要求读者别问我这几个世纪的登山究竟有什么意义。我们都不问数学家和登山家这类问题。

《费马猜想》，阿米尔·D.阿切尔著，阿米尔·D.奥采尔著，帕维尔·斯切莱茨基译自英语，普鲁申斯基出版公司，1998年。

气球

连环漫画在我心中没有占据任何特殊地位，很可能是因为我童年时代不怎么读它们。因此我被罚去读艰难又耗时的书本。我承受这痛苦，而没有抱怨甚至不觉得我被剥夺了什么。至今依然如此。当然，后来会有这本或那本连环漫画引起我的注意，但只有两种真正留下印象。不过，回头再说它们吧。现在先就耶日·希拉克这本书说几句话。他显然是波兰第一位从事漫画研究的学者，他很正确地把漫画当成大众文化中的一个重要现象来对待，而且还是一个拥有相当丰富历史的现象，甚至有史前现象。很可惜，他止步于十九世纪，而没有探入时间更深的领域。因为究竟什么是图绘文字呢，如果不是仍爬在地上的连环漫画？以及稍后——譬如说教堂那些按时间顺序描绘《圣经》故事的系列雕像和绘画？不过，好吧，就让我们从十九世纪及其图画书开始吧，因为我们的连环漫画就是它的派生物。但它们不是一回事。真正的连环漫画只能是在小气球对话框出现而图画下的说明文字消失或大大减少之后才崛起的。研究者仍未确定气球是在何时何地由何人发明的。不管怎样，这些气球是漫画的独特诗学中的决定性因素。因此，譬如说《圣尼古的探访》的原版还不算是一本漫画书。每幅画下面都有一首押韵诗，但当你单独把诗印出来，情节依然可以理解。另一方面，在一本漫画书中，故事情节看上去大致是"嗖！嘭！轰！砰！嗷！哎哟！咦咦咦咦呀呀呀……啊啊啊啊啊啊啊！！！"结尾则是一个完整的句子："报告老大，任务完成。"

现在我可以回头说我最喜爱的两种漫画了。其中一种出自安杰伊·姆莱奇科之手。我曾经每周都买《针孔》杂志，就是为了他的连环画《勤务兵》。我接触第二种甚至更早。在我曾经居住的房子附近，一个甜蜜的老补鞋匠经营一个生意兴隆的店铺。他做的都是小修小补，鞋底、补片、鞋跟，有时候是夹在一个特制鞋楦上撑着的鞋。他一定很早就看到，不但鞋，而且鞋的主人，有时候都显得有点儿站不稳。因此，他便单枪匹马发动一场反喝酒运动，整个店铺都贴满了各种系列的海报，宣传戒酒。我仍记得其中一组。它包括几幅无字的图画——它们就是要不言自明的。不过，我的补鞋匠很快就发现这样行不通，便给他所有的人物都配上一个个气球。于是乎，离开家的父亲说："老婆，我上班去了。"她回答："我会煮好晚餐等你。"孩子们则齐声喊道："拜拜，亲爱的爸爸。"下一幅，我们的主人公遇到一个朋友："你好啊，老战友！""好久不见！""值得干一杯！"在喝酒的场面里，空气中充满了密集的气球："饮胜！""尽兴！""不留底！""服务员，添酒！""干杯！"悲剧发生在下一幅画：那男人摇摇晃晃走出酒吧，一头撞倒在一辆迎面而来的电车下。至此，补鞋匠知道他不用气球也照样管用。终于来到尾声。那家人的父亲拄着拐杖站在门口，少了一条腿。孩子们哭泣，妻子绞扭双手，一个气球从她口里尖叫着爆出："从今以后，永远会缺了点什么。"就这样，很多年过去了，但我仍然记得补鞋匠和他那些即兴的创作。无疑，他早已经去天堂领取他当之无愧的奖赏了。我只是担心，无所事事会把他闷坏。毕竟，他被有翼的（因而是无鞋的）滴酒不沾者环绕着。

《漫画》，耶日·希拉克著，标志出版社，2000年。

孤独的时刻

这本书是一次历时多年的社会学研究的成果，研究工人的情感生活，尤其是那些与外面的人——顾客、客户、乘客等等——打交道的工人。它是在西方出版的，因此描述的是那里的特殊环境，但同样的情况也开始在这里出现了。读罢，我得出一个矛盾的结论：在波兰人民共和国，有些工人的境况要好多了。他们不必假装。他们不必礼貌，如果他们不想礼貌。他们不必掩饰他们的疲倦、沉闷、恼怒。他们不必隐藏他们对别人的问题不感兴趣。他们不必在背疼得要死的时候佯装他们的背没有疼得要死。如果他们在商店工作，他们不必试图说服顾客买东西，因为产品永远会在排队人群消失前消失。

更有甚者，一个微笑的工人并没有比一个阴郁的工人得到更高的评价。雇主甚至更喜欢阴郁的工人，因为他们似乎更尽责，而微笑的雇员则自动假设正在做附带交易。使这一切变得更悲哀的是，人们已逐渐习惯这种事态。我还记得我第一次访问西方，在一家美丽商店的橱窗前停留几分钟时的诧异和恐惧。我立刻被销售人员发现并被拖了进去。虽然他们非常清楚我不想买一件白色的狐皮外衣——至多是买一块最便宜的手帕。作者讲了一个甚至更好的故事。当第一家麦当劳在莫斯科开张时，顾客们不信任地盯着疯了似的忙碌着的微笑的职员：他们到底在笑什么？我们？即使桑迪·曼这本书更早完成，也不可能在这里出版。不是因为审查员会发现某种居心叵测地隐藏着的对资本主义的赞美，因为这本书根本就不包含这类东西。出版社也会犹豫，因为谁会对这种异国情调的研究对象感兴趣呢：一个不只有能力工作，而且有能力掩饰其私人情绪的个体。很自然地，这种长期的伪装会引起各种各样的压力，而压力反过来会要求获得某种释放。这不容易。作者清楚阐述一个广泛的观察场域，但她的建议却局限于某个狭窄的范围。做几下深呼吸。工作站的岗位应该经常轮换。该吹散密室里的蒸汽了。她用最小的篇幅，仅仅一句话，给出也许是最妙的良药：花一点时间，处于完全孤独中。她建议十分钟。难道这不是有点紧吗？依我的浅见：孤独是一件好事，每一个生活在都市环境里的人都总有需要它的时候。而寂寞则是坏事。什么时候我们才会开始看出这两者的差别？

《隐藏真情，展露假意：理解你的情绪在工作中的角色》，桑迪·曼著，汉娜·弗若塞克译自英语，琥珀出版社，1999年。

一个坏男孩

希区柯克一定是每一个饮食导师的梦魇。虽然他一生携带着也许有一百磅的超额体重到处跑，但还是活到熟透的老年。他消耗大量富含脂肪的肉类，浓郁的调味酱，还有甜品。酒是他从早上到深夜形影不离的同伴。仿佛这样还不够似的，他生活在持续的紧张中。他与制片人、电影编剧、演员争吵。他是一个生动的例子，表明如果你想保持健康和多产，就得不知道该怎么活。但他只是保持不断地工作，很少有电影导演能跟他相比。他拍了五十三部故事片，其中有几部成了电影史上的经典。不仅如此，它们至今仍然使观众喘不过气。我们还应该加上他不计其数的电视节目，更别说那些没拍成但都花了几个月时间去做准备的电影。他最后死了，但如果我记忆没错的话，同样的命运也在等待那些小心照顾自己的人。写一本薄薄的书来谈论这种现象是不够的，因此唐纳德·斯波托写了一本厚厚的。希区柯克在每一部电影上所做的努力都被详尽地描述和分析。我们还读到不同批评家的意见和那些认识他并不得不带着幽默或恐怖容忍他各种怪念头的人的回忆。最后我们读到这位大师本人的某些宣告。我更愿意多读到这方面的东西，因为它们是这本书里最刺激的时刻。面试者永远无法确定希区柯克的意图是否真诚和可信，他总是以某种方式先发制人。他们永远摸不准他是认真的还是在开玩笑。而这正是斯波托在这本传记中应该原封不动的地方。可是，作者反而试图打碎它，试图搞明白这颗硬坚果里究竟藏着什么东西。那些恐惧、痛苦、压抑、情结究竟是什么？当然他全数把它们都找出来了，但是，嗯，这能说明什么问题呢？例如，众所周知，难以控制的胃口经常是一个人对爱情生活失败的反应。同样众所周知的是，这世界总是充满了不快乐地爱上金发美女的饕餮。可为什么他们之中只有一个饕餮创造了《后窗》和《群鸟》？才能之谜依然是个谜。不管有多少龙虾被绝望地吃下并转化成电影……但还是回头说希区柯克和他的作品吧。一方面，他是幸运的，因为电影圈很早就承认他是电影大师。另一方面，他极少被当成艺术家，即使有也是勉强地。只有欧洲电影导演们的热情反应才最终使他获得这个称号。他的电影偶尔会被提名奥斯卡奖，但从未得过。“永远是伴娘，从来不是新娘。”他和蔼地开玩笑说，尽管这一定是深深地刺痛的。我忍不住又要抄几句。他构思了自己的墓志铭：“坏男孩都是这个下场。”就我对人生和墓园礼仪的了解，这个构思从未实现。或他在一群非常优雅的低胸露肩领和燕尾服观众面前发表的演讲的结尾：“有人告诉我，每分钟都有人被杀，所以我不想浪费各位的时间。我知道你们都想回去工作。谢谢。”

《天才的黑暗面：阿尔弗雷德·希区柯克传》，唐纳德·斯波托著，J. S. 饶斯译自英语，阿尔法出版社，2000 年。

姗姗来迟

“我已经受够了那些罗马人。”某位女士肯定这样喊过，那位决定应该出哪些书的女士。作为一个警惕的人，她当然是完全正确的。在一个宣称它将永世留存的政权里，历史研究说到底就是怀疑。毕竟，它证明没有什么是持久的——哪怕是罗马，那个伟大的帝国。有些读者可能会从它的灭亡获得某种私人的、反动的满足……事实上我并不知道这样一位女士在当时是否起了这样的作用，也不知道她是否真的就是那个我们要感激的人，因为据说 1960 年出版的爱德华·吉本巨著《罗马帝国衰亡史》两卷本就是她操办的，用的是相对温和的书名《衰落》，而讲述最后覆没的第三卷《灭亡》则见不到天日。无论如何，文首引用的叫喊，很能说明某种现实。如今，四十年后，我们终于见到这本《灭亡》。对那些手头有前两卷的读者来说，这是巨大的快乐。但他们有多少还活着？另外，与此同时，已有两代人成长起来了。因此，他们没有趁机把前两卷也同时出版，实在可惜。我猜，他们是缺乏资金。但至少他们可以给第三卷加一个导言，介绍作者及其著作对欧洲思想的意义。英国人吉本是启蒙运动最具洞察力的人物之一。不过，与他的法国同行不一样，他持保守信念，并在每一次转变中看到最可能糟糕的意想不到之事。他在一种近乎绝望的状态中写他关于罗马命运的著作。他把安东尼们的二百年统治视为罗马帝国最好的时期。这确实是相对平静和文化发展的时期，被征服的民族（我们应该补充说，他们的被征服总是残酷无情和血腥的）在当时可以把罗马看成是在保护他们的安全和发展。很不幸，这些开始于几百年前的征服，永远不会抵达它们的终点。每个被平定的民族，背后都有自己古老的敌人。罗马继承了这些敌人并且又得去平定和吸纳他们。但这些被并入的民族反过来又被另一些敌对的民族从背后拖着。这意味着罗马再次又得……如此等等。《衰落》卷揭示这种致命的必要性的后果。罗马已不再征服，罗马仅仅保卫自己。尚有另一些原因导致罗马衰落，而这些原因本身又有它们自己的原因。维护法律和风俗的机构开始崩溃，军事纪律变得越来越无力，市民陷入怀疑和某种昏沉的满足。旧国家宗教提供的传统关系，在基督教迅速发展的压力下绷断。基督教尚无法立刻替代早前的关系，它自己内部也四分五裂，分裂成大大小小的群体，对该教义的理解各不相同。这些群体只有一个共识：必须永远铲除异教，摧毁其庙宇、雕像、绘画、镶嵌图案。这次坚持不懈的活动，在整个濒死的帝国的整个范围内展开，而描述这次活动的那一章，则成了全书最令人难过的一章。但你能做什么呢？一个诚实的历史学家很少有机会说什么好话，而吉本则尽其所能去做这样一个诚实的历史学家。

《罗马帝国的灭亡》，爱德华·吉本著，伊蕾娜·希曼斯卡译自英语，米科拉伊·希曼斯基注释，PIW 出版社，2000 年。

砌块与蠢货

我买这本书时，并没有太多期望，除了它的插图——而插图事实上很好。但我能说什么呢？在我们这个读图时代，我养成了一个习惯，就是看图画旁边的文字。书名本身吓我一跳。历史上的专制君主要更多些，至少有十万吧。有的短暂地狂怒，有的长久些。有的在较小的版图上运作，有的在较大的版图上。有的局限于杀自己家人，有的把讨厌的家人的概念扩展到整个民族，如此等等。你如何能够挑选然后“凑足”一百？另外，挑选的标准在这里真的可行吗？不过，作者并没有问自己这类问题。任何想得到的人立刻就被塞进这本书里。希特勒身边站着拿破仑——这是不是做得有点过分了？不过，没有罗伯斯庇尔。作者显然认为他的受害者只是死于与工作有关的不幸的事故。这里当然有托克马达，但没有他的后继者们。这里有贝利亚，但没有他的前任们。有皮萨罗，但你找不到任何其他种族灭绝的征服者。也许作者根本就没篇幅容纳他们了？果真如此，为什么我们却能看到不幸的巴伐利亚的路德维希二世，这个既不是也没想要成为任何类型的吸血鬼的统治者？或者，例如罗伯特·孟席斯，这个与反对派及其部长们发生如此激烈冲突，以致最后被迫辞职的澳大利亚总理？波尔布特、伊迪·阿明和博卡萨如果看到他也在他们中间，肯定要笑出泪来。但我在这里干什么呢？我竟然让自己被扯进了这个可疑的游戏。不管愿不愿意，我开始寻思，你身后要留下多少尸体和惊恐的人民，才能赢得专制君主的头衔——而你身后还要再留下多少，才能跻身最强大的竞争者之列？事实证明，时代精神揪住我的头发，把我拖向其心爱的记分牌、民意调查、图表、“十大”、“一百强”。这类事情到处都有。如果我们是在谈论体育、股市或经济数字，那很好。但某些领域应该避免落入编纂这类名单的人手中。例如文化领域。从星期二到星期三，我们查出谁工作领先，谁落后。这类数据立刻被分析，尽管我们事先知道从星期三到星期四排名可能就会改变。此外，这类各式各样的工作最终并排着，实在没法比较。几年前，我看到一份清单披露说，从印刷数量的角度看，阿加莎·克里斯蒂的作品已超过《圣经》，而某些政治类书籍则反过来超过阿加莎·克里斯蒂。这是被假设要证明什么的，但它没说是什么。历史也是这样。它是不能被用这类愚蠢砌块砌出来的。任何购买《一百个最伟大的专制君主》的人，如果购买更便宜也更实用的《一百种煮土豆的方式》，那会更好。

《一百个最伟大的专制君主》，安德鲁·朗利著，马雷克·马乔韦克译，波德谢德利克-拉尼奥夫斯基出版公司，1996年。

纽扣

沃维奇建了一座纽扣博物馆。它有自印的信笺，还出版了一本谈文学中的纽扣的书。听到这个消息，有些人可能会翻白眼，一脸讥笑，问该城镇的居民是不是没有更大的问题，此外，小城镇是不是不能凑合着弄一两个纪念室或商店橱窗，展示当地的手工艺和动物标本。不，他们不能——或者说，至少他们不应该。也许这只是我的运气使然，但每当我出去旅行并想顺便看看当地博物馆，它要么锁着（馆长有钥匙），要么值班的年轻姑娘会在参观到一半时告诉我，我是四个月内第一个参观者。原因很容易理解。所有最美丽和最具有历史意义的展览品，早就已经被运往大城市里的博物馆了。剩下的都不吸引人。如果小城镇建立一些专攻某个主题的机构——当然，各城镇都有不同主题——情况看来就会改观。一看到纽扣博物馆，访客在片刻的愕然之后，就会考虑进去看看。他甚至会想，他——他或他的祖辈——生于斯长于斯的城镇如果有一个不错的博物馆也许就会好多了。也许是旧明信片？古祈祷书？玩具？纸牌？棋子？如果隔壁碰巧有一个晚宴，而他们又不会把旧袜子扔进汤里，那么这个城镇的名声就会远播。还有另一个好处。波兰有很多收藏家。我甚至不把那些以古老方式收藏古老事物的人计算在内。我想到的是那些一丝不苟的收藏家，他们已成为收集和拥有很多名副其实的古怪东西的真正专家。不过，他们在寻找他们的收藏品的继承人这件事情上，遇到了真正的麻烦。一个家庭极少会欣赏一个古怪的爷爷留下的遗产。如果某个大型博物馆实际接收它，它极有可能被打包塞进一个地下室储物间。最佳的解决办法是散布在全国各地的小型博物馆，从而大大地使风景增色。

但让我们回到纽扣吧。除了那本关于文学中的纽扣的资料小册之外，他们还应该出版一本纽扣史。对此我一无所知。除了知道它们不是一夜之间从树上长出来的——肯定是某部族想出来并使用它们的。这很有可能发生在中世纪初期某个时候。不管怎样，古人还没有用纽扣来扣上。他们使用各种腓骨、搭扣和绳子来达到这个目的。否则各种朔风和北风会把他们的长袍吹开。还有古埃及的白色亚麻布服装呢？它们是如此紧，甚至不能从头上套下来。背部一定有不显眼的开衩，可以用某种方式扣住。至此，那些容易大惊小怪的人一定想问我一个问题：难道我没有比尼罗河畔裁缝的麻烦更大的问题吗？我当然有更大的问题，但这不是没有小问题的理由。

《文学中的纽扣》，兹比格涅夫·科斯切娃著，纽扣博物馆，2000 年。

问题赞

很可惜，我在读这本书的时候，忘了算一算“为什么”这个词出现了多少次。可能有几百次。这个大数目源自一个中心问题：是什么造成各文明的差异，诸多还未被抹掉的差异？毕竟，人类都是从差不多一样的起点出发的——小群小群的猎人和采集者在大地上搜寻食物和遮蔽所。那到底为什么有些人继续陷在这种生活方式里长达数千年，而另一些则急剧地改变它？种族主义者（甚至那些从未公开承认的人）已有现成答案：很简单，存在着较有天赋和较没天赋的民族。稍作思考就可以看出这个答案的愚蠢。问题不在于智力。到处都有阿基米德诞生，但并非每一个都拥有一个浴缸，可以让他从里面跳出来尖叫“我发现了！”。极地的居民无法发展用于培植大米的技术。淹没在亚热带森林里的居民无法驯化野羊。你也不能责备土著居民没有想出办法来给袋鼠喂奶或至少不用鞍就骑上它们。存在着如此多的限制，每个限制都有其特殊的后果。为了描述它们，作者调动自己的知识和别人的知识——以冰川学家开始，以研究殖民地征服的历史学家结束。问题和答案，答案之后又有新问题……无穷无尽。但这样就不好吗？让我们做一点猜测，让我们设想某个恐怖的遥远的未来，那时，如果人类还幸存着的话，他们最终会无所不知。所有问题都将枯竭，因为再没有存在的理由了。没有神秘、假设、怀疑，甚至一直到最小的细节……一切，包括外太空，都被调查过、验证过、测量过、计算过，并馈入某个巨型电脑……过去被显现出来，现在被放在大平盘上端上来。未来呢？在这种情况下，还可能有未来吗？无所不知在我看来变成一场无与伦比的灾难，是想象力的瘫痪，宇宙的寂静。因为，如果大家都知道同样的事情并且确切无误，还有什么好谈的呢？知道这样的时代很可能不会来临，实在令人松了一口气……这本书有五百多页，作者在结尾时传达一种感觉，也即很多与其主题相关的问题仍有待探讨。这样更好。我推荐这本书，作为暑假读物。我实在搞不懂是谁凭空捏造出这个白痴的想法，认为暑假就需要“轻松”读物。恰恰相反，因为“轻松”的书都是在床头、下班后和做完家务后读的——如果有读任何东西的话——也就是我们已缺乏看更沉重的读物所需的专注力的时候。我想加上另一个红利，一个微不足道但令人愉快的细节。作者在导言中提到他太太玛丽西娅[1]。所以，如果我们波兰人有朝一日在广阔的世界上有缘遇见他，当我们说“早上好”，他肯定能明白我们。

《枪炮、病菌与钢铁：人类社会的命运》，贾雷德·戴蒙德著，马雷克·科纳尔热夫斯基译自英语，普鲁申斯基出版公司，2000年。

1 指这个名字是波兰人的名字，所以作者也应懂得一点波兰语。

吃纸箱的尸体

在波兰俚语里，“软体动物”意思是一个没骨气的人。真软体动物应该把人类告上法庭，指控他们人格诽谤。在现实中，这是一个古老家族，牢牢根植于其稳固而坚实的生物存在理由。它至今已在被称为进化的可怕而迷人的系列事件中出现了约五亿年。在那期间，它遭到无数大灾难的严重破坏，但它是不能永远被压服的。安杰伊·法尔尼奥夫斯基教授，手里拿着书，完全可以成为这场审讯的证人。鉴于不大可能真的上法庭，因此不妨让我们看一看这本书本身，尽管它被作者谨慎地称为概况。一点概况：三百七十页信纸尺寸的著作，二十三页以小字印刷的参考书目，超过十一页每页两栏的拉丁名字索引。我不想佯装我从头到尾都以应有的专注力读它。我暂时只聚焦于软体动物和蜗牛。每个物种都有自己的特性。例如，波提切利的维纳斯站在扇贝上。这位画家没有夸张，水生有壳动物还能长得甚至更大。与此同时，有些扇贝种类不超过一毫米。或拿耐力来说，某只从阿尔及利亚买来的蜗牛被当作死蜗牛，在伦敦一家博物馆展览了四年。当有人不小心把水溅在它身上，它便当场复活，并开始吃用来放置它的纸箱。或拿性别的灵巧来说，当雌性在周遭地区没有求偶者（它们总是不慌不忙，即使它们很愿意），它们便自己使彼此怀孕。一个这样的雌性寄宿处被观察了二十年，在这期间共有九十三代连续被生下来。最后，观察终结了——因为太沉闷了，作者补充说。在波兰，软体动物和蜗牛的种类不是很多。陆地气候不合适，海洋条件不合适。没有艳丽的形状或颜色。但这些自由民显露它们的本事。冰川刚撤退——它已经有足够的时间去摧毁它们的同类——它们便迅速占领那片被放弃的土地。例如，它们附在鸟翼上或附在随风飘扬的叶子上飞进来。我最喜欢普通的罗马蜗牛。不过，这个品种有一种自杀倾向，就是爬过公路。我尤其记得一只冒失鬼，因为它的壳上粘着两根落叶松针。它成功地从公路这边爬到另一边，共花去一整天时间，从黎明到傍晚。很幸运，那天公路不忙，它竟然完好无损抵达那里。但第二天我看到什么？我的罗马蜗牛又爬回来，丝毫不差回到它昨天出发的地方。但现在我开始担心了，于是我把它拿到草丛里去。不过，我不敢肯定那一刻它已经意识到自己的侦察活动的终结，并抛弃了致命的沥青。我又在那个区域多待了几天，但我对那段路面敬而远之。诚如我姑姑卡齐娅曾经告诉我的，别整天紧张兮兮的。

《软体动物进化中的正路和歧路》，安杰伊·法尔尼奥夫斯基著，波兰艺术科学院出版社，2001 年。

紧张

在《非必要阅读》里谈论切斯瓦夫·米沃什的诗歌？毕竟，这是任何偶尔有思考习惯的人的必读书——或至少应该是。所以我不在这里谈论他的诗。我有个更糟糕的想法：我谈自己，或更准确地说，谈我在米沃什的诗歌和它的作者面前是多么紧张。这很早就开始了，在1945年2月。我去克拉科夫的星光剧院，那里即将举行战后第一场诗歌朗诵会。参加者的名字对我毫无意义。我读过的散文相当多，但诗歌知识等于零。但我仍然听和看。不是每个人都朗诵得很好。有些人难以忍受地装腔作势，另一些人则声音破碎，纸在他们手里颤抖。在某个时刻他们宣布一个叫米沃什的人登场。他读得很平静，没有矫揉造作。仿佛他是在自言自语，并邀请我们加入他。“这就对了，”我跟自己说，“这才是真正的诗歌，他是真正的诗人。”我显然是不公平的。那里还有两三个在场的诗人值得特别注意。但例外是有等级的。我的直觉告诉我要密切注意米沃什。不久之后我的赞赏便受到严格考验。在某个特别场合，我有生以来第一次置身于一家真正的餐厅。我环顾四周，发现米沃什和几个朋友就坐在我附近，狼吞虎咽地吃着泡菜猪排。那是一个打击。原则上我知道就连诗人也得时时进食，但他们需要叫这么粗俗的菜式吗？我以某种方式应付我的恐惧。此外，我有了一些更重要的体验，并开始成了认真的诗歌读者。米沃什的诗集《拯救》出版了，我还在报纸上读到他的新诗。我的紧张增加了，并随着我读到的每一首诗而更加根深蒂固。我下次见到米沃什是在 1950 年代末的巴黎。他正慢慢从咖啡馆的桌子间穿过，很可能是要见某个人。我有了一个机会，去告诉他一个他也许乐意听到的消息——他那些禁书在波兰仍有人在读，被一本本地抄写，然后偷偷带进国内。任何人只要够努力，迟早都能弄到它们。但我没有走上去告诉他。紧张使我瘫痪了。米沃什要等到很多年后才得以回国。在克拉科夫的克鲁普尼恰街，带着闪光灯和麦克风的摄影师们吐出的烟，几乎把他遮蔽了，使我们这些站在那里等待的人群看不清他。当他精疲力尽地摆脱记者，便轮到大群索要签名者包围他。我缺乏勇气去那人群中打扰他，做一番自我介绍，也许还请他签名。我是在他第二次回国时，才有幸和他本人见面。自此以后，很多事情改变了，但在某种意义上没有什么不同。必须承认，我有了很多机会跟他说话，在共同朋友的陪同下跟他见面，甚至在各种场合一起朗诵和在官方活动上一起受苦。但至今我仍然不懂如何与这样一位伟大诗人打交道。我在他身边依然像以前那样紧张。尽管我们有时候说笑话和在喝冰镇伏特加时碰杯，以及尽管有一次在一家餐厅我们碰巧都点了一客泡菜猪排。

译自辛波斯卡专栏《非必要阅读》，《选举日报》2001 年 6 月 30 日—7 月 1 日星期六、星期天版，第 9 页。米沃什九十大寿纪念特刊。

英译者后记

我要感谢我伟大的朋友和偶尔的合作者斯坦尼斯瓦夫·巴兰恰克、辛波斯卡杰出的一等秘书米夏·鲁西内克和我的优秀编辑，感谢他们各种超出职责之外的帮助。我还要感谢家人迈克尔和马丁·佩洛兹在各方面提供的热情协助，包括有关角斗士和大陆漂移的知识。

这本书是我从辛波斯卡已出版的三卷本《非必要阅读》，以及辛波斯卡尚未结集的近期文章中挑选的，未结集的文章是在我做这个翻译项目的过程中，由辛波斯卡非常善意地转交给我的。

图书在版编目（CIP）数据

非必要阅读 /（波）维斯瓦娃 · 辛波斯卡著；黄灿然译 .—南京：译林出版社，2022.3
（辛波斯卡作品）
书名原文：Nonrequired Reading: Prose Pieces
ISBN 978-7-5447-8971-4

Ⅰ.①非… Ⅱ.①维… ②黄… Ⅲ.①散文集 - 波兰 - 现代 Ⅳ.①I513.65

中国版本图书馆 CIP 数据核字（2021）第 253065号

Nonrequired Reading: Prose Pieces by Wislawa Szymborska

著作权合同登记号　图字：10-2016-069 号

非必要阅读　［波兰］维斯瓦娃 · 辛波斯卡 / 著　黄灿然 / 译

责任编辑　刘　池　张　睿
装帧设计　孙晓曦（PAY2PLAY）
校　　对　王　敏　孙玉兰
责任印制　颜　亮

出版发行　译林出版社
地　　址　南京市湖南路 1 号 A 楼
邮　　箱　yilin@yilin.com
网　　址　www.yilin.com
市场热线　025-86633278
排　　版　南京展望文化发展有限公司
印　　刷　南京新世纪联盟印务有限公司
开　　本　787 毫米 × 1092 毫米　1/32
印　　张　9.25
插　　页　4
版　　次　2022 年 3 月第 1 版
印　　次　2022 年 3 月第 1 次印刷
书　　号　ISBN 978-7-5447-8971-4
定　　价　58.00 元